Bov Bjerg

Der Vorweiner

BOV BJERG

DER  VORWEINER

Roman

claassen

claassen ist ein Verlag
der Ullstein Buchverlage GmbH
www.ullstein.de

ISBN: 978-3-546-10038-0

© 2023 by Ullstein Buchverlage GmbH, Berlin
Lektorat: Gunnar Cynybulk
Alle Rechte vorbehalten
Gesetzt aus der Dante
Satz: Pinkuin Satz und Datentechnik, Berlin
Druck und Bindearbeiten: GGP Media GmbH, Pößneck

INHALT

KAPITEL 2,

welches, da es einen vortrefflichen Eindruck der vollständigen Geschichte zu vermitteln vermag, an erster Stelle steht. Anna kittet ein Fenster, Frau Bartel stellt ihre Nacktschnecken vor. Ort: Bartels Garten (mit Lagerfeuer!)

(Alkoholkonsum, Rauchen, Gewalt gegen Weichtiere)

Als sie nach dem kurzen Winter wieder auf Bartels Datsche hinauskutschierten, herrschte ein ganz formidables Wetter. Sonntagswetter nannte man diesen wolkenlosen knallblauen Himmel, und seit vielen Jahren war jeder Tag ein Sonntag, seit vielen Jahren herrschte das gleiche prächtige Wetter, herrschte wolkenlos und knallblau der gleiche prächtige Himmel, vom Aufstieg der Sonne am Morgen bis zu ihrem Versinken am Abend herrschte wolkenlos und knallblau der gleiche prächtige Himmel, nur ganz gelegentlich verschleiert durch die Rauchschlieren der Steppen- und der Restwaldbrände.

Die Sonnenpfeile stachen durch die Baumkronen und bohrten in den Sandweg helle Tupfen. Licht und Schatten wechselten schnell und strengten A. wie Anna an, strengten ihre Augen an und noch mehr ihr Gehirn, das Mühe hatte, aus dem konfettihaften Flackern etwas Erkennbares, etwas wenigstens entfernt Bekanntes herauszufiltern. Doch den Fuß nahm Anna nicht vom Pedal.

Zwischen den hellen Klecksen lag bewegungslos ein dunkler Ball, mitten auf der Fahrbahn. Ein Gürteltier?

Es war zu spät, einen Bogen zu nehmen. Anna hielt auf die Kugel zu und nahm sie zwischen die Räder. Die Kugel verschwand unter dem Chassis.

Sie tauchte im Rückspiegel wieder auf, rollte sich auseinander, stand kurz da, für einen Moment, ein Halbrund auf kurzen Stelzen, dann verschwand das Tier mit schnellen Trippelschritten im Unterholz.

Annas Vorweiner fragte: »Wann stirbst du endlich?«

Anna entgegnete: »Das vermag ich nicht zu sagen. Nicht allzu bald, so steht zu hoffen.«

Sie sah konzentriert nach vorn auf den Weg.

Sie fragte: »Warum? Will Er zurück?«

Der Vorweiner holte tief Luft und gähnte dabei lange.

Anna setzte nach: »Ob Er zurückwill.«

»Nein«, sagte der Vorweiner. »Ich will nicht zurück.«

Anna sagte: »Wir fahren einfach hin und kitten.«

Der Vorweiner fragte: »Kitten?«

Sein Resteuropäisch war wirklich sehr gut. Der schwache Akzent hatte sich mit den Jahren fast abgeschliffen.

Anna sagte: »Nicht Katzen. Kitten. Fenster kitten.«

Der Vorweiner sagte: »Ich weiß. Bedeutet in meiner Sprache dasselbe. Fensterkatzen.«

Er war ein Spaßvogel. Es war schön, ihn bei sich zu haben.

Fünfzehn Uhr. Drei Akkorde meldeten den Beginn der Nachrichten.

10

Bei Apeldoorn, Niederlande, habe eine Familie einen Vergnügungspark besucht. Zum Abschluss hätten die Eltern den beiden Töchtern, sieben und acht Jahre alt, ausnahmsweise erlaubt, mit der Geisterbahn zu fahren. Die beiden Kinder seien im offenen Waggon in die Geisterbahn hineingerollt, allerdings nicht wieder herausgekommen. Die Mutter habe darüber den Verstand verloren. Die Nachrichtensprecherin sagte: »Seit diesem schrecklichen Erlebnis hat die Frau nicht aufgehört zu schreien. Wir wollen unseren Hörer:innen die Schreie der Mutter nicht vorenthalten.«

Schrecklich, dachte Anna, während in den Nachrichten die niederländische Mutter durchdringend schrie, röchelnd und kehlig.

Schrecklich, dachte Anna noch einmal, wirklich schrecklich. Doch dann stutzte sie. Wie geriet eine Meldung aus Apeldoorn in ihren Nachrichtenstrom? Das war nicht mehr ihre Melange. Jemand hatte die Formel verstellt.

Anna fragte den Vorweiner: »War Er am Radio?«

Er sagte nichts.

»Ob Er am Radio war.«

Der Vorweiner starrte zur Seite, in den schmalen Kiefernwald hinaus.

Anna fragte, jetzt etwas durchdringender: »Will Er zurück?«

Der Vorweiner sagte: »Nein, ich will nicht zurück. Ja, ich war am Radio.«

Anna tippte, ohne hinunterzusehen, auf das Display und stellte das Radio auf ihre Formel zurück.

11

In Königstein im Taunus habe sich ein Ehepaar im Keller seiner Villa eingeschlossen. Die Polizei habe die beiden für Einbrecher gehalten und den Mann erschossen. Wieder schrie eine Frau.

Schrecklich, dachte Anna.

Der Wagen wurde langsamer, das Reifenrollgeräusch verstummte beinahe, jetzt drang von draußen die Motorenlärmersatzmelodie herein, es war die Noise-Rock-Ambient-Version von »Muss i denn, muss i denn zum Städtele hinaus«, die andere Verkehrsteilnehmer vor Annas Wagen warnen sollte.

Über Bartels Grundstück waberte dichter Qualm. Der Wagen holperte über den Erdwulst am Wegrand und rollte in die Einfahrt hinein.

Anna hatte stets Furcht, die Wurzel eines Baumes oder eine andere Unebenheit könne den Wagenboden aufreißen und den Akku beschädigen. Es war widersinnig, eine Ladestation an einer derart holprigen Stelle zu platzieren.

Die beiden stiegen aus dem Wagen und hinein in den Rauch.

»Tach, Frau Meisterin«, grunzte Bartel.

»Seien Sie gegrüßt, Herr Bartel«, lächelte Anna, so gut sie konnte.

Am großen Feuer saß die Niederschicht, Bartel mit all seinen Verwandten und Wahlverwandten. Seine Kinder, seine Enkel, seine Freunde.

Am Feuer hockte auch ein junger Mann, den Anna hier noch nie gesehen hatte. Er wirkte etwas verloren.

Anna vermutete, dass es ein Vorweiner war. Es war das

erste Mal, dass sie an Bartels Feuer einen fremden Vorweiner sah. Ihr eigener Vorweiner schaute sie fragend an.
Anna konnte nur mit den Schultern zucken.

Jedes Mal wenn sie hierherkamen, loderte das Feuer. La-
ckierte Bretter kokelten darin, Kartons, Matratzen, Farbei-
mer, Autoreifen. Der Niederschicht ging der Müll niemals
aus. Anna erschien es wie ein glücklicher Zufall, dass sie
die alte Laube noch nicht verfeuert hatten.

Bartel brachte das Werkzeug und gab es Annas Vorweiner,
wortlos und ohne ihn anzusehen.

Den Kitt reichte er Anna selbst, in einer Plastiktüte. Sie
zog die Tüte auf und roch daran. Darauf hatte sie sich seit
Tagen gefreut. Frischer Kitt, so roch das Leben. Leinöl.

Anna klopfte mit dem Messergriff vorsichtig den brüchi-
gen Kitt aus der Fuge. Bei jedem Schlag klirrte leise das
alte Fensterglas.

Die Bruchstücke zupfte sie heraus und legte sie dem
Vorweiner in die Hand, dann saßen wieder ein paar Zen-
timeter trockenen Kitts ganz fest. Anna übersprang sie.
Sie klopfte einmal ringsherum, dann betrachtete sie ihre
Hand. Sie rieb die trockenen Fingerspitzen aneinander. Sie
waren grau. Dunkelgrau. Das waren die Beweise würdiger
Arbeit.

Anna drückte frischen Kitt in die Fuge des Fensters,
Messerspitze für Messerspitze.

Als die beiden fertig waren, brachte Bartel zwei Flaschen
Bier. Anna reichte eine an ihren Vorweiner weiter.

»Was darf ich Ihnen geben, Herr Bartel?«, fragte sie.

»Sagen wir zwanzig«, antwortete Bartel.

Anna zählte Bartel das Geld in die Hand. Das war es ihr wert. Es war eine schöne Arbeit. Bartel bedankte sich, Anna sagte sanft: »Ich habe zu danken.«

Sie verabredeten einen Termin für das Fensterstreichen im Mai und einen für die Kartoffelernte im Juni. Die Ernte belief sich auf dreißig pro Stunde, dazu kamen zwanzig für die Kartoffeln, pro Kilo. Im Laden kosteten sie zehn, doch hier waren die Kartoffeln selbst geerntet, eigenhändig. Das war es Anna wert. Sie würde ihre Finger in die sandige Erde bohren, würde mit den bloßen Händen darin graben, die Kartoffeln herausklauben, eine nach der anderen. Anna freute sich auf den Dreck, der noch tagelang unter den Fingernägeln kleben würde.

★ ★ ★

A. wie Anna lag ausgestreckt auf dem Gummipolster und blickte in die Sonne.

»Wie ist denn das passiert?«, fragte der Betäuber mit tiefer, beruhigender Stimme.

»Sieht ja schlimm aus! Schmerzen?«

Etwas leiser, die Stimme etwas höher, aufgeregter: »Mensch, Mensch, Mensch.«

Dann sagte er: »Zählen Sie bitte langsam bis zehn. Das kriegen wir schon hin.«

»Eins, zwei, drei …«

»Moment!«, rief der Betäuber.

»… sieben, acht …«

»Erst die Maske!«

»… neun, zehn.«

Anna sah vor sich das Messer, das Schwein, das Blut. Das saublöde Blut.

Annas Stimme drang leise und dumpf unter der Maske hervor: »Eins. Das ist so passiert.«

* * *

Später, im Herbst dann, würde sie Laub rechen, Kiefernzapfen einsammeln, umgraben. Das summierte sich alles, doch das war es ihr wert.

Bartel fragte: »Kommt ihr rüber?«

»Wir kommen gleich!«, rief Anna.

Der Vorweiner reichte ihr das Geschirrspülmittel. Sie drückte einen Tropfen auf die Zeigefingerspitze, dann zog sie sorgsam den Kitt in der Fuge glatt.

Die beiden ließen sich am Feuer nieder. Anna verschränkte die Beine zum Lotussitz. Bartels Frau kippte eine Wanne voller neuen Mülls in die Flammen. Ein Elektrokabel blieb am Rand des Feuers liegen. Die Isolierung wurde schwarz, dann schmolz sie und begann zu brennen.

Gegenüber kauerte ein dürrer Glatzkopf. Es gebe welche, begann er unvermittelt laut zu zischen, die würden immer im Warmen und Weichen gehalten. Die bekämen alles umsonst, Drogen, Essen, Unterkunft. Und Ficksachen.

Anna dachte: Kopulationsdokumentationen.

Sie würden aber auch alles geben, fuhr der Glatzkopf fort: Blutwerte, Hirnströme, Sperma. Das würde alles untersucht von Professoren.

Bartels Frau lachte höhnisch.

Er wisse das aus den Nachrichten, rief der Glatzkopf. Diese Menschen stammten ebenfalls alle aus der Niederschicht. Sie lebten in einer äußerst ausgetüftelten Blase, in einer Art von oberschlauer Ganzkörperkapsel. Vor den Augen Schlagzeilen, die unaufhörlich aufdatiert würden, Spielfilme, dazu dreimal täglich Ficksachen, die an die individuellen Vorlieben angepasst seien, die wiederum hochgerechnet würden aus den Hirnströmen. Im Mund den Schlauch für Bier oder Limonade oder eben eine Nährlösung, das Glied – Anna lief ein Schauer über den Rücken, als der Glatzkopf ungeniert auch dafür den Begriff aus der vulgären Wortwelt der Niederschicht verwendete –, das Glied in einem intelligenten Stimulationsmuskel, der sich vollautomatisch mit den Filmen synchronisiere. Vollautomatisch.

Doch keiner könne sagen, wie man dafür ausgewählt werde. Der Glatzkopf beteuerte, er wisse das alles aus den Nachrichten sowie aus anderen vertrauenswürdigen Quellen, die er im Detail nicht nennen dürfe. Er könne nur so viel sagen: Der Bruder eines Bekannten arbeite bei der Behörde, die die Daten dieser Leute auswerte.

Die Niederschicht erklärte sich wieder einmal die Welt, dachte Anna. Ihre Nachrichten hatten ganz eigene Formeln.

»Das wäre das Richtige für Kimo«, sagte Frau Bartels.

»Warum denken Sie das?«, fragte Anna.

Sie wollte nicht uninteressiert erscheinen. Kimo war der Sohn der Bartels. Er saß in der Runde und glotzte ins Feuer, als ob ihn das alles nichts anginge.

»Die haben seine Verbindungen ausgewertet. Hat sich rausgestellt, er kommuniziert zu wenig. Muss man jetzt abchecken, ob es was Ernstes ist. Dann muss er in Behandlung.«

»Dann muss er in Behandlung«, sagte der Glatzkopf gegenüber, »logisch muss er dann in Behandlung.«

Die Flammen wärmten Annas Gesicht. Ihre Augen brannten vom giftigen Rauch, der immer wieder quer trieb. Auf ihren Rücken legte sich die Kälte.

Bartel drehte eine Wodkaflasche auf, kippte einen großen Schluck und reichte sie weiter.

Die Vorweiner sahen sich an. Annas Vorweiner begann zu erzählen.

Anna sprach ihren Vorweiner niemals mit Namen an. Vorweiner waren Dienstleister. Man kaufte nicht die Person, man honorierte lediglich eine Dienstleistung, die diese Person einmal erbringen, und die lange Zeit, die bis dahin vergehen würde. Die Vorweiner nicht mit dem Namen anzusprechen, das war eine Frage des Respekts, auch wenn es durchaus schwerfallen konnte, über zwanzig oder fünfzig Jahre hinweg.

Annas Vorweiner erzählte.

Alle kannten die Geschichte. Jeder Vorweiner konnte sie erzählen, immer wieder. Die Geschichte ging so: Ein Polizist habe Ausländer nach Westafrika oder Schweden gebracht, nach Afghanistan, Frankreich, Italien, jedenfalls von Resteuropa ins Ausland zurück.

Ausreisebegleitung.

»Klingt wie Sterbebegleitung«, musste an dieser Stelle immer jemand sagen, heute war es der Glatzkopf.

»Wie Sterbebegleitung bei den Resteuropäern.«

»Das machen ja auch welche«, sagte Kimo.

»Irgendwer muss es machen«, sagte Bartels Frau.

Niederschichtsgespräche klackerten hin und her wie ein Pingpongball auf der Platte, dachte Anna. Sie hatte Mühe, den Assoziationen zu folgen.

Die Ausländer, die der Ausreisebegleiter ins Ausland zurückgebracht habe, hätten gefesselt und geknebelt neben ihm, also dem Ausreisebegleiter, im Flugzeug gesessen.

An dieser Stelle rief der Vorweiner stets »Gag!«, das war das englische Wort für Scherz, aber eben auch das Wort für Knebel, und alle lachten, am lautesten die Vorweiner.

Der Ausreisebegleiter habe die Leute auf dem Flug bewacht, am Ziel habe er sie zum Einreiseschalter geleitet und den Behörden vor Ort übergeben, dann sei er zurückgeflogen.

Normalerweise.

Denn eines Tages, und an dieser Stelle feixten die Vorweiner, da sie wie alle anderen den Fortgang der Geschichte kannten, diesen Fortgang aber, im Unterschied zu den anderen, immer aufs Neue mit großer Freude erwarteten, eines Tages sei er selbst nach Nigeria geraten oder nach Schweden, das wechselte.

Er sei richtig ins Ausland hineingeraten, weit über den Transitbereich des Flughafens hinaus. Entführt, verlaufen oder per Telekinese, auch in diesem Detail variierten die Erzählungen. Und plötzlich sei die Haut des Ausreise- begleiters

hellrosa

geworden wie die eines Schweden oder seine Haare

schwarz

wie die eines Nigerianers. Da habe er, der Ausreisebeglei- ter, noch an eine Allergie geglaubt oder an ein Problem mit den Nieren. Doch schließlich, am Ende seiner Metamor- phose, zur Krönung seiner neuen Existenz, habe er voll- ständig die resteuropäische Sprache verloren und nur noch Yoruba gesprochen oder eben Schwedisch.

Annas Vorweiner hielt inne. Er blickte zum anderen Vorwei- ner, der nahm den Faden auf und spann die Geschichte wei- ter. Es war tatsächlich der Vorweiner eines Bartel-Kumpels. Die Niederschicht hielt sich jetzt auch Vorweiner, vereinzelt, das war immer noch irritierend. Die Niederschicht strebte nach oben, dachte Anna, und imitierte unsere Bräuche.

* * *

Der Betäuber sagte: »Ich fürchte, ich habe den Überblick verloren. Zählen Sie bitte weiter, sonst können wir nicht beginnen.«

* * *

Der Vorweiner des Bartel-Kumpels erzählte: Der Ausreise-polizist, der nun kein Polizist mehr war, sei am Polarkreis erwacht oder am Stadtrand von Lagos.

Er habe ein Dorf erreicht oder die Innenstadt und auf einen günstigen Moment gewartet, um nach Resteuropa zu kommen. Das Wichtigste: Geld und Gerüchte.

Er habe versucht, bei Nacht im Schlauchboot zu ent-kommen. Irgendwo stieß das Dunkel des Himmels an das Dunkel der Erde, doch er habe die Naht nicht erkennen können.

Der Polizist sei ertrunken.

Er ertrank immer wieder. Jedes Mal wenn die Geschich-te erzählt wurde, ertrank er aufs Neue.

Die Menschen seien aus dem Wasser gekommen, sagte der Vorweiner von Bartels Kumpel, sie seien im Wasser ge-storben, sie seien daraus hervor- und darin untergegangen. Auf dem Land zu sterben und dort zerstreut zu werden, das sei nun einmal der Luxus der Sesshaften.

Neunundzwanzig, einundsiebzig.

Prozent Land, Prozent Wasser.

Achtundzwanzig, zweiundsiebzig.

Siebenundzwanzig, dreiundsiebzig.

Der Ausreisebegleiter sei zu Boden gesunken und gefres-sen worden von Fischen und Krebsen. Auf dem Grund des Meeres erstreckte sich eine dünne, großflächige Sediment-schicht, die einmal ein Ausreisebegleiter gewesen war. Eine dünne Folie aus Krustentierkacke.

Die Vorweiner kicherten wieder.

Die Vorweiner wussten, dass ein Resteuropäer sich vom Schicksal der Person, von der diese schaurige Legende erzählte, nur ergreifen lassen konnte, wenn diese Person selbst ein Resteuropäer war oder wenigstens bis zu seiner unverschuldeten Verwandlung einer gewesen war.

Die Vorweiner wussten das sehr genau, dachte Anna, ihren Zorn verbergend, nur deshalb trugen die Vorweiner diese ganze krude, unverständliche Geschichte immer weiter.

Einer begann zu summen. Bald sangen alle leise. Sie sangen »Brüder, zur Sonne, zur Freiheit« auf Resteuropäisch, doch als Gospel.

Bartel begleitete das Lied auf der Maultrommel. Boing, doing, hallte es zwischen seinen Schneidezähnen. Doing, boing, boing, doing.

Bartels Lama stellte sich an den Rand der Runde. Es blickte streng. Etwas abseits sammelten sich die Nandus und fauchten genervt.

★ ★ ★

Der Betäuber sagte: »Würden Sie bitte zählen? Wir waren bei eins.«

Anna sagte: »Zwei.«

★ ★ ★

Diese losen Reden, dachte Anna besorgt. Die Vorweiner hatten eine Neigung zu losen Reden. Sie gingen ein hohes Risiko ein, wenn sie solche bedrohlichen Geschichten erzählten. Sie gefährdeten ihren Status. Wenn ihre Arbeitgeber sie denunziert hätten, hätten sie Resteuropa verlassen müssen. Doch die Arbeitgeber denunzierten sie nicht.

Es lag im Interesse jedes Arbeitgebers, dass sein Vorweiner blieb. Der Vorweiner erzählte diese Geschichten, und er wusste, sein Arbeitgeber konnte ihn ans Messer liefern. Dass der Arbeitgeber das nicht tat, veredelte den Vorweiner nur. Er war dem Arbeitgeber insgeheim dankbar, und wenn der Arbeitgeber einmal zerstreut werden würde, würde der Vorweiner umso überzeugender weinen, auf eine Art, die tatsächlich geeignet sein würde, die Menschen anzustecken.

Anna wusste, dass ihr Vorweiner gut um sie weinen würde. Sie war nicht allein.

Ihr Vorweiner schaute sie an. Sie schaute zurück. Sie legte alle Wärme in ihren Blick.

Brüder, in eins nun die Hände, o Brüder, o ja!
Brüder, das Sterben verlacht, o Brüder, o ja!
Ewig, ein Ende der Sklaverei, Brüder, o ja!
Heilig, o Brüder, o ja, o Brüder,
heilig die letzte Schlacht!

Anna knotete die Beine auseinander, richtete sich auf und ging ums Feuer herum. Neben Bartel ging sie wieder in die Hocke und sagte: »Herr Bartel?«

Bartel brummte.

Er sagte: »Schwierig.«

Anna sagte: »Am finanziellen Aspekt soll es nicht scheitern.«

Bartel rief: »Sir Gaga, komm mal!«

Einer der Bartel-Brüder pflanzte sich zwischen Bartel und Anna. Er sah weg von Anna, hinüber zu Bartel. Auf seinem überbreiten Hinterkopf drehte sich ein Wirbel drahtiger Haare wie ein nordatlantischer Hurrikan.

Bartel fragte: »Wie sieht's aus?«

Der Bartel-Bruder sagte: »Schwierig«, und drehte sich zu Anna. »Es ist nicht das Geld.«

»Sondern?«

»Entweder tut's wirklich keiner mehr, oder jeder tut's nur noch für sich. Ich finde einfach niemanden.«

»Verzeihen Sie bitte, doch das kann ich nicht glauben«, sagte Anna.

Fenster zu kitten war schön, auch die Arbeit auf dem Feld war schön. Doch Anna war von einem großen Traum erfüllt: einmal eine Sau zu schlachten.

Das Blut aufzufangen, die Organe herauszunehmen.

[Das Gottesauge, Bild im Bild, es zeigt: Anna, unscharfes Gesicht, legt sich in den offenen, blutigen Bauch der Sau. Sie zieht die Knie an. Sie schließt die Augen. Sie versucht zu lächeln.
Anna liegt lange.
Ihr Daumen wandert zum Mund, verläuft.
Es wird dunkel, es wird hell.
Anna öffnet die Augen. Sie klettert aus der Sau heraus, verschlafen. Sie streckt sich.]

Wiedergeboren zu werden, dachte Anna, und unsterblich zu sein. Sich zumindest so zu fühlen, für ein paar Tage oder Wochen.

Das Gesetz erlaubte es nur noch, in Schlachthöfen zu schlachten, maschinell, weil die Menschen sonst verrohten.

Doch die Sitten der Niederschicht genossen auf vielen Gebieten Bestandsschutz, und manche Sitte, hieß es, stehe ganz offiziell im Range eines partiellen immateriellen Weltkulturerbes. Ganz genau wusste es niemand, und wer die Behauptung doch einmal nachschlug oder sich bei einer Behörde nach ihrem Wahrheitsgehalt erkundigte, hatte die Antwort sofort wieder vergessen und zugleich seinen Glauben, dieser Bestandsschutz existiere im Geheimen tatsächlich, gefestigt.

Anna schüttelte wütend den Kopf. Die Niederschicht leitete ihr Abwasser in zerlöcherte Sickergruben. Die Niederschicht klapperte über die Dörfer mit uralten Rostlauben, aus deren Auspuff es kohlrabenschwarz herausqualmte.

»Herr Bartel!«, rief Anna. »Sie dürfen keine Schweine schlachten? Das kann ich einfach nicht glauben!«

Sie sprang auf und stampfte so zornig mit dem Fuß, dass es staubte. Die ganze Bartel-Sippschaft sah auf.

Anna rief: »Das *will* ich einfach nicht glauben!«

Bartel sagte, er wolle sich noch einmal umhören, vielleicht lasse sich in, er nuschelte ein Wort, das Anna nicht verstand, den Namen eines Ortes wahrscheinlich, vielleicht lasse sich in Unverständlich etwas drehen, das müsse man einmal sehen, und wandte sich wieder zu seinem Bruder.

Neben dem Geräteschuppen öffnete Frau Bartel den Deckel eines großen schwarzen Plastikzubers. Sie schwenkte die Gartenschere und winkte Anna herüber.

Anna beugte sich über den Zuber. Matschige Feigen sammelten sich darin, Strünke von Kohl, angefaulte Äpfel. Auf den Abfällen krochen orangefarbene Nacktschnecken.

Frau Bartel flüsterte sacht, fast zärtlich: »Die Wanne hier, das ist für mich Heimat.«

Sie beugte sich in den Zuber hinein, Anna sah ihr über die Schulter. Frau Bartel stammte aus Westresteuropa, so viel wusste Anna von ihr. Sie war im Regen aufgewachsen.

Frau Bartels Stimme klang dumpf aus dem Zuber: »Ein Garten ohne Schnecken, daran hab ich mich nie gewöhnen können. Keine Gurken zu haben, keine Zucchini und so was, das macht mir nichts aus, aber ein Garten ganz ohne Schnecken, das ist doch sinnlos.«

Sie zerteilte eine Schnecke mit der Gartenschere.

Sie sagte: »So hat das meine Mutter immer gemacht.«

Aus den Schneckenhälften quollen dünne dunkelgrüne Innereien. Eine andere Schnecke kroch heran.

Anna fragte: »Sie trauert, nicht?«

Frau Bartel lachte, die Stimme heiser von den Zigaretten: »Nee, die trauert nicht. Die frisst die auf.«

Sie hob die Gießkanne, sprenkelte Wasser über das gammlige Grünzeug und klappte den Deckel wieder zu.

Sie sagte: »Einmal in der Woche gießen, sonst gehen sie ein.«

KAPITEL 3,
worin wir Berta kennenlernen, also mich.
Berta macht nicht alles. Berta hat einen Hund.
Das erste Kapitel folgt bald, keine Panik.

(Muckefuck)

Sie ist gut in ihrem Beruf.

Sie hat einen Meister in *Modern Journalism* Schrägstrich *Neuzeitliche Schreibe fürs Hören*.

Sie ist eine erfolgreiche, gern gebuchte Klickbeuterin.

B. wie Berta.

Fortbildung: Gottesaugenoptik.

Es ist mir unangenehm, von mir selbst in der dritten Person zu sprechen. Als ob ich mich veredeln wollte. Manchmal versuch ich es, aber jedes Mal geb ich es schnell wieder auf.

B. wie Berta sitzt an meiner Schreibtischplatte, hat den Kopf in die Hände gestützt, sieht nach oben zum Fenster, raus in den Regen.

Der Hund unterm Tisch hält meine Füße warm.

Erfolgreich, gern gebucht, anerkannt. Es gibt nicht viele seriöse Klickbeuterinnen.

»Die macht nicht alles«, so redet man in den Agenturen von mir, zumindest ist mir das zugetragen worden, und einmal hat mir eine Akquisiteurin persönlich getextet: »Ich weiß, du machst nicht alles, aber es gibt eben Nachrichten, die mehr einspielen.«

Wenn ich mal Nachrichten hör, stell ich fest, dass jede seriöse Nachricht, ohne Ausnahme, von mir stammt. Wahrscheinlich bin ich die letzte Verfasserin seriöser Nachrichten überhaupt. In jeder meiner Nachrichten, und das ist überhaupt nicht selbstverständlich, steckt ein wahrer Kern. Oder wenigstens irgendein wahres Detail.

Aber eigentlich brauchen sie meine Arbeit bloß, damit die Knaller-News besser zur Geltung kommen. Ich produzier die Kontrastmittel. Ich bin die letzte Füllselproduzentin.

Ich kann überall arbeiten, das ist ein großes Glück. Ich bin an keinen Ort gekettet. Das ist eine Freiheit, die mir niemand nehmen kann. Mein Souterrain-Loft ist geräumig und hat Platz für alles, was ich brauch.

Ich brauch keine großen Maschinen, kein Lastenfahrrad, ich brauch keine Fabrik, ich brauch nur den Rechner, einen Hocker, zwei Böcke, darauf das alte Türblatt, das ich mal in der Nacht nach einer Kneipentour aus einem Bauschuttcontainer gezogen hab. Es ist so leicht, dass ich es jederzeit einfach untern Arm nehmen und weiterziehn könnte, und manchmal, wenn ich beim Schreiben völlig auf dem Schlauch steh, brauch ich die vergilbten Nachrichtensammlungen von Brednich, vor langer Zeit knallbunte, heute ziemlich fahle Taschenbücher, die ich aus dem Bücherschrank der Mutter hab mitgehn lassen, am Tag, an dem ich überstürzt zu Hause ausgezogen bin.

Aus dem Rechner stampft leise ein Zerstreuungsfeiermarsch.

Ich hör, wie einer mit gedämpfter Stimme spricht, ich hör wen schluchzen, das Schluchzen bricht nicht ab, es verstetigt sich zum Wimmern, erst eine Stimme, dann viele.

Unter der Zimmerdecke, hinter den daumendicken rostigen Stahlstäben, schwingen graue Anzugbeine vorbei, nach rechts, ins Büro, wohin sonst, und dunkle Nylons klackern nach links, ins Büro, wohin sonst. Eine blaue Jeans bleibt stehen, direkt vor dem Fenster, erwerbslos, was sonst, bleibt bloß kurz stehen, dann ist der Blick wieder frei auf den mattweißen Neubau gegenüber, der hinter einem dünnen Nieselregenschleier steht und steht und steht.

Als ich hier unten eingezogen bin, war gegenüber eine Lücke zwischen den Häusern. Ein Bretterzaun, darüber der bedeckte Himmel.

[Das Gottesauge zeigt, Bild im Bild: Ein Bretterzaun löst sich auf, Brett für Brett verschwindet, dahinter erscheinen Sträucher, Gestrüpp, ein schiefer, demolierter Bauwagen, ein Hügel Lehm, ein Hügel Müll, Autoreifen, Waschmaschine.
Ein Schuttcontainer, der sich füllt.
Frauen mit Kettensägen, ein Bagger, ein Laster, auf dessen Ladefläche ein Erdhaufen wächst.
Gelbe Helme, ein Kran, ein Betonmischer. Arbeiter, die auf Gerüsten turnen.
Ein Umzugswagen, Mutter, Vater, Kind, Kind. Noch ein Umzugswagen.]

Seit sie das Haus auf der Brache hochgezogen haben, fällt noch weniger Licht in mein Fenster. Am hellsten ist der Himmel Ende September, um Mittag rum, wenn man den Eindruck hat, die Sonne könnte es hinter den Wolken knapp übers Hausdach schaffen.

Im Erdgeschoss des neuen Hauses befindet sich ein Laden, der sich *Laden für Nichts* nennt. Ich weiß nicht, womit er handelt, wahrscheinlich nicht mit nichts, denn immer wieder halten große Autos davor, Beifahrer spannen ausladende Regenschirme auf und staksen in den Laden hinein und wackeln wenig später mit Glanzlacktaschen wieder heraus.

Erst ist es mir seltsam vorgekommen, dass die Wohnungen über dem Laden keine Balkone haben, dann hab ich begriffen, dass die Balkone natürlich auf der helleren hinteren Seite des Hauses montiert sind, nach Süden. Auf der Nordseite sind bloß bodentiefe Fenster in die Fassade eingelassen.

Das Haus trägt knallgelbe Haare, wie mit Zuckerwasser hochtoupiert, das sind die Forsythien, die neben dem Penthouse blühn.

Ich weiß, dass auch in diesem Moment irgendwo hinter den Wolken die Sonne am Himmel steht, bloß dass ich sie nicht sehn kann. Ich überleg kurz, daraus einen optimistischen Kalenderspruch zu formulieren. *Auch wenn du nur die Wolken siehst / die Sonne scheint dahinter doch!*

Oder eine Brötchentütenweisheit. Aber Kalender und Tüten sind zu schlecht bezahlt. Einen Sentenzengenerator kann man nicht unterbieten.

Nackte Mädchenbeine federn durchs Bild, zur Schule, wohin sonst. Bei jedem Schritt spritzen die Wassertropfen. Ein Rollator zieht zwei zerschlissene Hosenbeine hinter sich her, ins Altersheim oder gleich auf den Zerstreuungsplatz. Immer wieder nackte Waden und Knickerbocker in allen Stoffen, Farben, Mustern.

Horoskope sind mir flott von der Hand gegangen, damals, als ich angefangen hab. Auch Koch- und Backrezepte. Ich hab die Rezepte kopiert, ein paar Verben ausgetauscht, ab und zu eine Zutat, und alles an die Verwertungsvermittlung geschickt. Milchreis einmal anders. Hackfleisch einmal anders. Alles andere auch einmal anders.

Die Generatoren haben auch die Kochrezepte schon lang übernommen. Es ist schon zu Verpuffungen gekommen und zu Vergiftungen, weil die Verwerter am Lektorat gespart haben. Ein Pfund Mehl, vier Eier, ein halber Liter Waschbenzin, bei 220 Grad eine Stunde backen, solche Sachen. Es hat nur zwei Minuten gedauert, im vorgeheizten Ofen, bis der Kuchen in die Luft geflogen ist.

Nitrat statt Natron, solche Sachen.

Nachrichten zu schreiben ist wesentlich anspruchsvoller.

Ich seh die Hauswand gegenüber, die kleinen Vorsprünge treten wegen der Stockflecken deutlich vor, in manchen Winkeln der Fassade sind sie schon mit Moos bewachsen, und ich denk daran, dass ich an der Hauswand mal hochklettern will, so wie ich als Kind überall hochgeklettert bin, auf jeden Baum, auf jede Mauer. Ohne Sicherung. Felswände in ganz Resteuropa, in der Sonne wie im Regen, vom Erzgebirge bis zur Eifel.

Ich tippe: »Kein Geld für Urlaub: Polizei erschießt Besitzer von Luxusvilla! – Königstein im Taunus (ASN).«

Agentur für Spannende Nachrichten.

Ein tragisches Ende nahm die Feigheit eines südwestrest-
europäischen Ehepaares.
Die beiden waren pleite, aber wollten es nicht zugeben. Zu
den Nachbarn sagten sie: »Kleine Weltreise!«
Jalousien runter, ab in den Keller.
Dann passiert es: Nachbarn sehen Licht im Keller, rufen die
Polizei: »Einbrecher!«
Polizisten stürmen den Keller, der Villenbesitzer zielt auf sie
mit einem Gegenstand. Die Polizei sagt: »Waffenähnlich!«
28 Schüsse, Hausbesitzer tot. Die »Waffe«: der Zeigefinger.
Seitdem hört die Ehefrau nicht auf zu schreien. Wir wollen
unseren Hörer:innen die Schreie der Witwe nicht vorent-
halten.

Das ist keine neue Nachricht, aber welche Nachricht ist schon neu? B. wie Berta ist stolz darauf, wie schnell ich den Text hab runterschrubben können. Wenn ich in diesem Tempo arbeite, wächst mein Stundenlohn ins Astronomische. Ich hab nicht mal nachschlagen müssen. Ich hab alle diese Nachrichten tausendmal gelesen, ich hab sie mir ins Gedächtnis gemeißelt, und wenn mir eine wieder zeitgemäß vorkommt, schreib ich sie aus dem Gedächtnis ab. Immer ein bisschen anders.

Die erfindet jedes Mal neu. Erfindet sich jedes Mal neu. Die macht nicht alles.

Arbeiten kann ich überall. Das ist eine Freiheit, die mir niemand nehmen kann. Ich bin an keinen Ort gekettet.

Jetzt darf ich mich belohnen. Es mir gemütlich machen. Ich schaufel in die Kanne Wegwartenwurzelpulver und schütt eine Flasche Wasser in den Kocher.

Ich denk nach.

Bin ich gut?

Ich bin gut.

Die Nachricht ist gut.

Man würde darüber sprechen.

Das Wasser fängt an, leise zu knattern.

Hast du schon gehört, in Königstein?

Ich gieß das kochende Wasser in die Kanne.

Der Hund unterm Tisch richtet sich auf. Er tappt raus, er streckt die Vorderläufe von sich, den Kopf auf den Beinen, dann sieht er sich um, sieht zu mir hoch, dann dreht er eine kleine Runde, tappt wieder untern Tisch zurück und wickelt sich um meine Füße.

Ich schick die Nachricht an die Verwertungsvermittlung. Ich mach das Textfenster zu, wechsel zum Zerstreuungsfeierfenster und trink den ersten kleinen Schluck Kaffee.

Trockene Heide. Ein Zerstreuungsplatz mitten in der Steppe. Über einen Strauch ist ein grob gewebter Teppich geworfen. In den leuchtenden Farben der Wolle erkenn ich eine Figur, die ein Kreuz trägt.

Einzelne Personen treten ins Bild, zwei, drei, dunkel gekleidet. Sie lassen sich auf hellen Plastikstapelstühlen nieder. Musik vom Band.

Gesang setzt ein, Gesang vom Band.

Ich bin ein Gast auf Erden
und hab hier keinen Stand.
Der Himmel soll mir werden,
da ist mein Vaterland.

Auf einem Hocker die Urne, daneben eine Kamera, so winzig, dass sie kaum zu erkennen ist.

Hier reis' ich bis zum Grabe,
dort in der ew'gen Ruh
ist Gottes Gnadengabe,
die schließt all' Arbeit zu.

Die Zerstreuungsfeierchoräle haben ihren Sinn schon lang verloren. Sie sind bloß noch historische Quellen. Erinnerungen an überwundene Bräuche.

Grab, Gott, Gnade.

Vaterland, Mutterland, Kinderland.

Lange her, dass in Resteuropa das letzte Grab ausgehoben worden ist.

Schnitt zur Kamera neben der Urne. Sie ist aufs Rednerpult gerichtet. Ein Diakon schreitet zum Pult, die Musik versickert, das leise Gemurmel der paar Gäste verstummt ganz.

Der Diakon nickt freundlich zur einen Seite, dann zur andern. Er leiert ein bisschen, aber er spricht langsam und deutlich, nüchtern, ohne Pathos.

Der Vater Fischer, die Mutter was Unverständliches, das Studium, mit Bravour, dann Doktorarbeit und summa und magna, und dann der Aufbau der Delfinarien, Neuwismar, Neuzingst, endlich die Krönung seines Lebenswerks, die Eröffnung des nordostresteuropäischen Zentraldelfinariums Neugreifswald. Vater der Meeressäugetiere, so habe man ihn in Neugreifswald genannt.

Der Diakon hat die Ansprache geschickt gebaut. Der zu Zerstreuende liegt jetzt schon auf dem Sterbebett, aber sein Name ist noch immer nicht gefallen.

Die Anspannung steigt, und schließlich ist es so weit: Der Diakon nennt einen Namen, ein paar Sätze später noch mal, und jetzt ertönt ein lauter Schluchzer.

Das Zeichen für die Regie.

Mit dem Schluchzer der Schnitt zu Kamera drei.

Zwei gebeugte Gestalten, die in der ersten Reihe sitzen. Vermutlich die Geschwister, nein, eher die Nachbarn. Zwischen ihnen thront, etwas erhöht, kerzengerade der Vorweiner.

Er schluchzt noch mal.

Die Kamera zieht das Gesicht ran. Der Vorweiner stammt aus Mali oder aus dem Senegal, vielleicht.

Er presst die Augen zusammen, aber er beugt den Kopf nicht. Er schluchzt zwei-, dreimal, immer lauter, immer überzeugender, er schluchzt geradeaus, über alle hinweg, die tiefer sitzen.

Die Nachbarn ziehen zögernd nach. Eine alte Dame seufzt, in Großaufnahme ihr Gesicht.

Der Vorweiner jammert, wehklagt, er ruft den Namen des Toten.

Jetzt laufen der Nachbarin die Tränen übers Gesicht.

B. wie Berta spürt, wie ihr selbst die Tränen in die Augen steigen. Im Zerstreuungsfeierfenster heulen jetzt alle drei Resteuropäer, leise, nur manchmal hör ich die lauten Schluchzer des Vorweiners raus.

Der Mann macht seinen Job richtig gut.

B. wie Berta rinnen die Tränen über die Wangen, das Kinn und tropfen auf die Schreibtischplatte.

Noch eine Kamera. Der Diakon trägt die Urne aus dem Bild. Die Zerstreuungsfeiergesellschaft schiebt ihre alten Leiber hinterher. Eine Handkamera. Sie verfolgt die Menschen bis zum Zerstreuungsplatz.

B. wie Berta erkennt weiter hinten einen schmalen Streifen Getreide, vermutlich Wildweizen auf einem dünnen Mutterboden. Überm Weizen liegt der Himmel, drunter der Beton. Eine Flagge in Blau und Grau, geteilt durch einen schmalen beigen Strich.

Der Diakon wirft eine Handvoll Asche von sich, der Staub weht über die Flecken aus Gras, eine brüchige Stimme im Off versucht ein Zerstreuungsfeierlied anzustimmen, aber niemand steigt drauf ein.

Und wieder das alte Spiel: Ich versuch zu erraten, wo der Zerstreuungsplatz liegt. Flache Landschaft und Beton deuten auf den Norden, die Trockenheit deutet auf den Osten. Von Neugreifswald war die Rede.

Nordostresteuropa.

Vielleicht Rügen. Vielleicht Vorpommern.

Der Publikumszähler im Zerstreuungsfeierfenster springt von 08 auf 10, auf 11.

Oben auf dem Bildschirm eine Reihe kleiner Bilder.

Aus manchen blickt ein weinendes Gesicht, andre bleiben schwarz.

B. wie Berta liest die Namen unter den Kästchen. Hansen, Höppner, Krenz.

Der Hund muss raus. Ich seh noch kurz nach, wie meine Allianz sich schlägt, ganz gut, nur *Ruebezahltag99*, kurz: *Ruebi*, hat sich von den Feinden wieder leimen lassen, er steckt in üblen Schwierigkeiten, die Rostigen Elektrozombies haben seinen Einheiten den Rückweg über den Dnipro abgeschnitten. Ich schick die Kavallerie los und klapp den Rechner zu.

Ich red mir immer ein, ich würde zur Entspannung zocken, aber in Wirklichkeit stresst mich das Zocken. In Wirklichkeit wär es entspannender, ich könnte einfach so dasitzen, aber das kann ich nicht. Wenn ich einfach so dasitz, ohne Arbeit, ohne Zocken, ohne Ablenkung, dann frag ich mich sofort, zu was ich eigentlich auf der Welt bin, und spätestens nach zwei Minuten möcht ich mich umbringen.

Ich hab was Gutes getan, ich hab *Ruebezahltag99* meine Kavallerie geschickt, die wird ihn raushaun, der soll sich freuen.

Ich dreh mich auf dem Hocker. Nicht so schnell, sonst wird mir schlecht.

Das ganze schöne Souterrain-Loft kreist um mich. Die Eisentreppe wischt vorbei, die Hinterwand, das Bett, das Waschbecken, der Wasserkocher. Wieder die Stäbe vor dem Fenster, ich dreh mich langsamer, die Treppe. Wieder die Hinterwand.

Von der Hinterwand läuft ohne Pause Wasser runter, von der Decke bis zum Boden, auf der ganzen Breite. Das Wasser verschwindet am Boden in einem wandbreiten Schlitz. Es ist nicht immer kristallklar. Manchmal ändert es die Farbe, es wird braun oder bläulich und manchmal, ganz selten, auch hellrot.

B. wie Berta streckt die Arme Richtung Kellerdecke, die Hände verschränkt. Ich dehn die Arme, bis es in den Fingern, dann in den Schultern knackt. Dann nehm ich das Ölzeug, schnalz dem Hund und steig die Gitterroste nach oben, zur Wohnungstür. Der Hund trottet vorsichtig hinterher, die Schnauze dicht über den Stufen. Er geht nicht gern auf Gittern.

Ich zieh die Gummistiefel über die Waden.

Irgendwann werd ich eine lange Geschichte schreiben, eine lange, mäandernde Nachricht, vielleicht sogar mit Bewegtbildern drin, in der alles verzeichnet wird und alles gezeigt wird, was ich hass, was ich mir wünsch und mehr. Morgen oder übermorgen.

Vielleicht gestern schon.

Ich hab ja schon damit angefangen.

ERSTES KAPITEL,

worin endlich gezeigt wird, wie alles beginnt. Anna sucht sich doch noch einen Vorweiner. Am Rande wird berichtet, wie Resteuropa gerettet wurde, damals.

(Menopause, Röde Pölser, Bahnreisen)

Als A. wie Anna entschied, sich doch noch einen Vorweiner ins Haus zu holen, hatte sie die Schwelle zu den Jahren, die man euphemistisch »die besten« nannte, bereits überschritten. Die monatlichen Krämpfe waren vorüber, die Schweißausbrüche waren vorüber, die elenden Jahre der Fruchtbarkeit waren endlich passé, und Anna blickte dem, wenn alles, wie es statistisch zu erwarten war, verlaufen würde, letzten Drittel ihres Lebens mit einem seit der Kindheit nicht mehr erfahrenen Gefühl der Leichtigkeit entgegen.

Eines war Anna dabei wichtiger als alles andere: Der letztlich unvermeidliche Abschied sollte besonders sein, sollte schön sein, schön und ein wenig bedeutend.

Anna hatte insgeheim stets den Kopf geschüttelt über ihre Freundinnen, die sich bereits in jungen Jahren einen Vorweiner besorgt hatten, oft schon dann, wenn die eigenen Kinder gerade erst auf die Welt gekommen waren. Sie nahmen eine um Jahrzehnte verlängerte Verantwortung und um ein Vielfaches höhere Kosten auf sich, und das lediglich, um die Bindung zu stärken und auf eine in wenigen Nuancen überzeugendere Performance hoffen zu dürfen, wenn es so weit war.

Nun jedoch war Anna selbst bereit, sich nach einem Vorweiner umzusehen.

★ ★ ★

»Langsam bis zehn«, sagte der Betäuber. Er schob Anna die Maske auf das Gesicht.
Dumpf: »Eins. Zwei. Drei.«
Anna nahm die Maske wieder ab.

★ ★ ★

Das Vorgespräch fand in einer großen, für Annas Empfinden geradezu enervierend geschmacklosen Villa am Wannsee statt. Das Gebäude, irgendein Parvenü hatte es vor vielen Jahren, vermutlich in der ersten Gründerzeit, errichten lassen, schwebte wie ein aufgeblasenes Forsthaus zwischen dem schmalen Restwaldstreifen und dem breiten Strand.

Ein jägergrün lackiertes Fachwerk zerteilte die Giebelwand bis unter ein Krüppelwalmdach, das viel zu weit auskragte. Zur kaum befahrenen Straße hin war, wohl in den Sechzigerjahren des 20. Jahrhunderts, ein flacher Vorbau aus Sichtbeton errichtet worden, der nun die Empfangsräume beherbergte.

Die Kamera im Backsteinpfosten des kunstvoll geschmiedeten Gartentores schien mit ihrem Auge zu rollen, als sie Anna erfasste. Das Torschloss summte diskret.

Die Seniormaklerin schwebte Anna am Empfangstresen entgegen. Sie trug einen beigefarbenen Hosenanzug, unter dem offenen Jackett eine apricotfarbene Bluse und eine, wie Anna zugeben musste, äußerst aparte Perlenkette. Die grauen Haare waren streichholzkurz und asymmetrisch geschnitten.

Die Seniormaklerin geleitete Anna in das rundum verglaste Bureau.

Ob Anna gut hergefunden habe, fragte sie.

Ja, das Haus sei tatsächlich für einen preußischen Forstminister errichtet worden, Itzenplitz oder Hotzenklotz oder so ähnlich. Sie deutete ein kurzes, unfreiwillig schiefes Lächeln an.

Die Maklerin nahm hinter einem aufgeräumten, beinahe blanken Schreibtisch Platz, mit dem Rücken zum Park. Weit hinter ihr zogen, dreieckig und mädchensöckchenweiß, kleine Segel vorbei.

Sie eröffnete: »Lassen Sie mich mit den, sozusagen, Grundlagen beginnen.«

Die Seniormaklerin erläuterte Anna, in welchen Aspekten sich die Ausländer verschiedener Provenienz in ihrem Wesen voneinander unterschieden und worin jeweils ihre Vor- und Nachteile lagen.

Anna erfuhr, dass der Däne jedes Wochenende einen großen Topf voller knallroter Brühwürste benötigte, wenn er eine starke Bindung aufbauen sollte. Die Maklerin kannte den Fachbegriff: Röde Pölser.

Sie war gut informiert, stellte Anna fest.

Wenn der Däne aber, fuhr die Seniormaklerin fort, seine Röden Pölser bekam, war er trauertreu wie kein anderer Ausländer.

Der Spanier: Siesta. Wenn man ihm zur Mittagsruhe nur ausreichend Zeit ließ, verbreitete er davor, am Morgen und danach, am Abend, eine große, warme Heiterkeit.

»Der Pole«, seufzte die Seniormaklerin jetzt, und sie zog das o in die Länge, »der Pooole …«

Anna unterbrach: »Vielen Dank, ich bin im Bilde.«

Doch die Seniormaklerin rief: »Gute Frau, Sie müssen doch wissen, worauf Sie sich einlassen!«

Sie sparte den Polen taktvoll aus, statt seiner folgten der Nord-, West- und Ostafrikaner am Beispiel von Tunesier, Burkinabé und Somalier, dann der Usbeke, der Vietnamese, der Brite und der Italiener, Letzterer nach Padanier und Palermitano differenziert.

Sie alle wollten nach Resteuropa.

Ihre Staaten waren sämtlich gescheitert. Kollabiert, verbrannt, überschwemmt, Stück für Stück in die Luft geflogen, von der Mafia perforiert, von Resteuropa um das entscheidende, den allerletzten Wohlstandsrest vernichtende bisschen zu sehr ausgepresst.

Resteuropa dagegen prosperierte.

Der Restrusse, der Franzose, die verschiedenen chinesischen Provenienzen.

Der Redefluss der Maklerin schien zu versiegen. Irgendwann begann sie, an ihrer Kunstperlenkette zu drehen. Sie fragte Anna müde, ob sie eine Präferenz habe.

»Nein«, log Anna. »Welche sind denn die besten?«, tat sie naiv.

Natürlich hatte Anna bereits seit Monaten in den Vorweinforen gestöbert, und natürlich hatte sie jede ihrer Freundinnen, die sich einen Vorweiner leisteten, und das waren praktisch alle, nach ihrer Erfahrung und ihrer Meinung gefragt.

Anna hatte festgestellt, dass viele die Ansicht hegten, die Männer, die direkt am Golf von Guinea aufgewachsen waren, seien als Vorweiner so gut geeignet wie niemand anders.

Die Freundinnen konnten es sich nicht recht erklären. Vielleicht, so spekulierten sie, brachte der Blick auf ein Meer, das viel zu warm und unbewegt im riesigen Winkel Afrikas klebte, eine gewisse natürliche Melancholie mit sich.

[Das Gottesauge, Bild im Bild, es zeigt: eine Reihe junger Männer, vielleicht hundert oder zweihundert Männer, erst Gesicht für Gesicht, dann Halbtotale, die Männer stehen nebeneinander, dann steigt das Auge nach oben, Vogelperspektive, eine Gerade von zwei- bis dreihundert Männern, Schulter an Schulter, die im rechten Winkel auf eine Gerade von zwei- bis dreihundert weiteren Männern, Schulter an Schulter, trifft. Die Männer blicken alle hinaus auf ein regloses, unendliches Wasser im Winkel.
Ein Gesicht von nah: Aus einem Auge quillt eine Träne, wird größer und löst sich, rutscht den Nasenflügel hinunter, rollt, dabei immer größer, pingpongballgroß, schließlich riesig werdend, Tennisball, Volleyball, Zwergplanet, über den Sand ins Meer.]

Jedenfalls, das war die feste Meinung von Annas Freundinnen, beherrschten Vorweiner aus dieser Ecke Westafrikas ihr Handwerk besser und überzeugender als alle anderen.

Tatsache war, dass Annas Freundinnen, selbst wenn sie bereits den einen oder anderen Westafrikaner hatten vorweinen hören, noch gar nicht wissen konnten, wie gut ihr eigener Vorweiner dereinst wirklich sein würde, und, was sie sich aus nachvollziehbaren Gründen nicht eingestehen wollten: Sie würden es nie erfahren.

Dennoch hatte Anna sich von der Schwärmerei beeindrucken lassen.

Gegenüber den Vorweinfähigkeiten der Männer aus Südostasien hegten die Freundinnen starke Vorbehalte. Zu leise, hieß es, zu kraftlos.

Sollte Anna einen Ecuadorianer nehmen?

Oder einen Usbeken?

Man würde sie verdächtigen, fürchtete Anna, aus Hochmut, aus reinem Unterscheidungszwang entschieden zu haben.

Innerlich hatte sie sich längst festgelegt, dass auch ihr Vorweiner aus Westafrika kommen sollte, doch sie ahnte, dass das zu kaum vermeidbaren Komplikationen führen würde.

Anna fragte die Maklerin: »Was würden Sie mir denn raten?«

Die Maklerin sagte: »Die Leistung des Vorweiners hängt doch letztlich sehr von der Bindung ab. Wenn die Bindung zum zu Beweinenden stark ist, stimmt auch die Leistung.«

Sie artikulierte die Sätze so deutlich, als ob sie sie gerade erst in einer Fortbildung gelernt hätte.

Anna sagte: »Vielleicht Westafrika?«

Die Maklerin nickte anerkennend.

Anna formulierte die entscheidende Frage: »Sprechen die denn alle Englisch?«

Anna stellte sich einfach dumm, vielleicht öffnete sich eine Tür.

Sie fügte hinzu: »Mein Französisch ist nicht mehr gut, und zum Aufbau der Bindung ist eine gemeinsame Sprache doch von erheblicher Bedeutung, meinen Sie nicht?«

»Auf jeden Fall«, gab ihr die Maklerin recht. »Westafrika und Englisch, das schränkt die Auswahl leider etwas ein. Wir haben junge Männer aus Ghana, sehr freundlich, mit einer starken Grundempathie, und …« – sie sah auf ihren Bildschirm – »… ein paar aus Sierra Leone.«

Anna fragte: »Sierra Leone liegt nicht mehr am Golf von Guinea, oder?«

»Nicht direkt«, erwiderte die Seniormaklerin.

»Und unsere Ghanaer, nun ja …« – Sie zuckte resigniert mit den Schultern.

»Bitte?«

»Die meisten sprechen besser Fante als Englisch.«

Annas Wunsch nach einem Vorweiner vom Golf von Guinea war nicht zu erfüllen.

Sie hatte es geahnt.

Sie würde sterben, in zehn, zwanzig, dreißig Jahren (hier war Anna deutlich zu optimistisch), und niemand würde da sein, um ihren Tod fachgerecht und mitreißend zu beweinen.

Ein Abgrund tat sich auf.

Die Maklerin blieb heiter. Sie sagte: »Sicher, die Ghanaer könnten ihr Englisch aufpolieren, aber so etwas dauert. Lassen Sie mich offen sein: Wenn Sie sich im, Verzeihung, besten Alter für einen Vorweiner entscheiden, der nicht mehr genügend Zeit hat, Ihre Sprache gründlich zu lernen, um eine tiefere Bindung aufzubauen, dann ...«

Anna unterbrach sie: »Dann ist das ganze Geld verschenkt!«

Die Maklerin: »Wenn Sie es so ausdrücken wollen. Ich weiß nicht, ob Sie ...«

Anna unterbrach sie wieder. Sie konnte schlecht verbergen, in welche Wut sie die Enttäuschung versetzte: »Haben Sie einen besseren Vorschlag?«

Die Maklerin blickte wieder auf den Bildschirm.

»Zurzeit haben wir sehr viele Österreicher. Das ging ja erstaunlich lange Zeit gut dort, doch seit die ÖPÖ am Ruder ist ...«

Anna verfolgte genau, was im Nachbarland vor sich ging. Ihre Haushälterin stammte aus Österreich und sorgte sich wegen der Lage dort sehr.

Die *Österreichische Partei Österreichs* hatte, um die innerfamiliäre Loyalität zu stärken, die offiziell legitimierte Vetternwirtschaft auf Cousins und Cousinen fünften Grades ausgeweitet. Dadurch hatten Wirtschaft und Verwaltung den letzten Rest an Effizienz verloren, und die staatlich dringend erwünschte familiäre Subsidiarität war nach dem Zusammenbruch des Landes, als sie keinerlei Nutzen mehr brachte, gleichsam über Nacht implodiert.

Die Maklerin rief, mit echter Erschütterung in der Stimme: »Malaria im Salzkammergut! Wer hätte sich das vorstellen können!«

[Das Gottesauge, Bild im Bild: ein kleiner See, im Hintergrund hohe Berge, unten grün, oben grau.

Ein paar Schritte vom Ufer entfernt, der Bootssteg
endet in der Luft, eine hölzerne Veranda. Die Veranda
zugestellt mit weiß lackierten Eisenkrankenbetten.
Ein großes, beige verputztes Haus mit dunkelbraunen,
rustikalen Holzbalkonen. An der Fassade oben ein
weißes Pferd, das sich aufbäumt bis unters Dach.
Unter dem Pferd steht in Versalien: WEISSES RÖSSL
RESTAURANT CAFÉ HOTEL.
Menschen in Ganzkörperanzügen, weiß verpackt von
den Füßen bis hoch zum Scheitel, tragen die Siechen
auf Pritschen eilig ins Haus hinein und heraus.]

Die Seniormaklerin schüttelte den Kopf.

»Da funktioniert nichts mehr, nichts«, sagte sie leise.
»Und der Weg nach Resteuropa, nun ja, der ist nicht weit.«

Sie räusperte sich.

Sie dachte nach.

Sie sagte: »Sie sind Berlinerin, nicht? Dann kommt ein
Schweizer vermutlich nicht infrage? Da könnten Sie ja
gleich einen Schwaben ins Haus lassen!«

Sie lachte spitz auf, was Anna peinlich berührte. Die
Maklerin gab völlig ungeniert ihre soziale Herkunft, von
der Anna wahrlich nichts wissen wollte, preis. Lautes Lachen war die Domäne der Niederschicht und der Vorweiner. Ihnen war der Kontrollverlust gleichgültig; sie hatten
nichts zu kontrollieren, nicht einmal sich selbst. Die Maklerin lachte spitz auf, und in diesem Moment saß sie völlig
nackt vor Anna. Wie sollte sie mit einer solchen Frau ins
Geschäft kommen?

Ein Schweizer? Die Schweiz war auf unabsehbare Zeit
zerrüttet und in Kleinstkantone zerbröselt, seit sich in den

Bergtresoren die sogenannte Goldfäule ausgebreitet hatte – ein heimtückischer Pilz, der das Metall innerhalb von ein paar Wochen in Humus verwandelte und so nicht nur die Schweiz, sondern auch die Staatsfinanzen zahlreicher Diktaturen ruiniert hatte.

Die Champignonzucht machte die Verluste nicht wett.

Die Maklerin lehnte sich im Drehsessel zurück, legte die Unterarme auf den Armlehnen ab und drehte ihren Blick zur Decke.

Dann senkte sie den Blick wieder und sah Anna ernst in die Augen: »Haben Sie schon einmal daran gedacht, einen ... Niederländer zu nehmen?«

Anna glaubte sich verhört zu haben: »Einen Niederländer?«

Die Maklerin nickte entschlossen.

Sie sagte: »Sehr gebildet, sehr gute Manieren. Fast immer sehr groß. Fast immer ...« – sie beugte sich nach vorn und zwinkerte scherzhaft – »... sehr gut aussehend. Machen wir es kurz: wie wir Resteuropäer, doch ohne unsere trübe Geschichte. Nicht ohne Grund sagte man seinerzeit, die Niederländer seien die besseren Resteuropäer.«

Die Maklerin war nicht zu bremsen. »Seit die letzten Wälle versagt haben, sammeln die sich alle bei Nimwegen oder weiter im Süden in Maastricht. Ganz schlimm. Manche versuchen, gleich dort über die Grenze zu kommen, aber Resteuropa hat die Gräben erst vor Kurzem ausgebaggert und ordentlich verbreitert!«

Die Niederlande hatten schon unter der ERSTEN RETTUNG RESTEUROPAS gelitten.

Die wechselnden Regierungen der resteuropäischen Republik hatten stets betont, Resteuropas überlegene Ingenieurskunst würde früher oder später dem Anstieg der Meere mithilfe innovativer Technik etwas entgegensetzen, doch wie diese Technik genau aussehen würde, war lange Zeit unklar geblieben.

Schließlich entschied man sich, ganz Nordresteuropa mit einer dicken Lage Beton anzuheben.

Zunächst war eine lediglich zehn Meter hohe Schicht vorgesehen, doch entgegen der Berechnungen der Statiker und Geologen – die sich später damit entschuldigten, dass man nun einmal mit einem Projekt dieser Größe und dieses Gewichts keine Erfahrung habe und auch gar nicht hätte haben können – drückte der zehn Meter dicke Beton die nordresteuropäische Tiefebene um ebendiese zehn Meter nach unten, sodass, um am Ende auf die gewünschte Höhe über dem Meeresspiegel zu kommen, die Betonplatte um weitere zehn und, als auch das nicht genügte, um noch einmal fünfzehn Meter hatte erhöht werden müssen. Ingenieurtechnische Großtaten, die als DIE ZWEITE und DIE DRITTE, auch DIE EVENTUELL ENDGÜLTIGE RETTUNG RESTEUROPAS in die Geschichte eingingen.

So war es unvermeidlich, dass DIE RETTUNG REST-EUROPAS weite Teile der Niederlande, ganz Jütland und den Norden Polens in ein neu entstandenes Meer tauchte, das sich aus dem ungehinderten Zusammenfluss von Nord- und Ostsee bildete.

Die RETTUNG RESTEUROPAS hatte allerdings, das konzedierten auch Kritiker des Großprojekts, nicht nur zahllose Arbeitsplätze und Wohnmöglichkeiten der resteuropäischen Niederschicht gesichert, sondern – ein un-

erwarteter Nebeneffekt – auch die resteuropäische Demo-
kratie beträchtlich gestärkt.

In den neu erbauten Dörfern und Städten, die nun über
den einbetonierten alten Orten an den neuen Steilküsten lagen, wurden Volksabstimmungen abgehalten, ob die Hänge zum Meer hin aus blankem, auf Wunsch auch gefärbtem
Sichtbeton oder ob sie lieber aus einer zeitlosen und pflege-
leichten Waschbetonverkleidung bestehen sollten.

[Das Gottesauge zeigt: die Erde aus dem All. Die
Niederlande, Jütland und Nordpolen sinken binnen
weniger Tage, Sonnenaufgang, -untergang, -aufgang,
ins Meer. Über dem abtauchenden Jütland schwappen
Nord- und Ostsee ineinander. Große Wasserwirbel,
dann Stille. Nur eine graue Fläche ragt aus dem Meer.
Die Umrisse Nordresteuropas sind leicht zu erkennen.]

»Manche versuchen es außen herum«, erklärte die Maklerin. »Über Belgien oder über Frankreich. Sie können
sich vorstellen, was das bedeutet. Nach ein paar Monaten
stranden sie in den Alpen. Niederländer! Allein die Landschaft wirkt sich auf die Psyche der Leute verheerend aus.
Die sind so dankbar, wenn sie als Vorweiner genommen
werden. Sie sprechen auch fließend Englisch, viele sogar
Resteuropäisch oder was sie dafür halten.«

Anna fragte: »Wo ist der Haken?«

Die Maklerin druckste herum.

Anna sagte: »Seien Sie ganz offen!«

Die Maklerin sagte: »Das Essen. Damit verhält es sich,
muss ich zugeben, dann doch ganz ähnlich wie bei den
Dänen und Briten.«

Anna fragte: »Was für Essen?«

Die Maklerin wand sich. »Stamppot.«

Annas Blick verriet ihr, dass sie es nicht dabei belassen konnte, das Wort lediglich auszusprechen.

»Kartoffelbrei und Grünkohl.«

Anna lachte erleichtert: »Was ist daran schlimm?«

Die Maklerin antwortete: »Sie müssen es durcheinanderrühren, bis es eine einheitlich gelbgrüne Masse ergibt. Wichtig ist, dass es nicht zu flüssig ist. Es muss als … Haufen auf den Teller.«

Anna schluckte.

Die Maklerin juchzte mit aufgesetzter Unbeschwertheit: »Aber das ist schon alles! Einmal in der Woche Stamppot, und Sie bauen eine Bindung auf, die enger gar nicht sein könnte!«

Sie reichte Anna eine Elektrotafel. Anna blätterte durch die Fotos.

Fiete, Wim, Klaas.

Willem, Kees, Freek.

Anna hätte nie gewagt, es laut zu sagen, aber für sie sahen alle Niederländer gleich aus.

* * *

»Langzaam tot tien«, sagte der Betäuber und zog die Maske zurecht.

Anna, dumpf: »Een. Twee. Drie.«

Sie nahm die Maske wieder ab.

* * *

Eine Woche später begab sich Anna mit der Bahn nach München. Die Juniormaklerin stand am Ende des Bahnsteigs, sie hielt einen grellgelben Karton vor der Brust, auf dem stand: »ANNA«.

Die Juniormaklerin trug einen gut geschnittenen beigefarbenen Hosenanzug. Unter dem offenen Jackett erkannte Anna eine apricotfarbene Bluse und, natürlich, die Perlenkette. Ihr Haarschnitt war kurz, der schwarze Pony frech zur Seite gewuschelt.

Die Juniormaklerin, die Anna hier in München auf dem Bahnhof abholte, war eine exakte Kopie der Seniormaklerin in der Berliner Zentrale. Der einzige Unterschied: Sie war zwanzig Jahre jünger. Und sie war einen Kopf kleiner. Ein Unterschied, der sicherlich, so dachte Anna, auf wundersame Weise verschwinden würde, sobald auch die Juniormaklerin die Stufe zur Seniormaklerin erklommen hatte.

Sie durchquerten zügig die Bahnhofshalle. An den Wänden lehnten erschöpfte Österreicher, die dem desaströsen Regime der *ÖPÖ* entgangen waren. Die Österreicher kannten jeden Saumpfad und jeden Strauch auf der Grenze. Sie wussten, wie sie ohne Kontrollen nach Resteuropa wandern und die Willkommenslager umgehen konnten. Und wenn sie in der Lage waren, die Schmierigkeit des Wienerischen oder die Grobheit des Kärntner Dialekts zu verschlucken, hatten sie sogar gute Chancen, als Bayern durchzugehen und für den Rest ihres Lebens unbemerkt im resteuropäischen Menschenstrom mitzuschwimmen.

Anna und die Juniormaklerin traten aus dem Bahnhof. Die Maklerin balancierte einen riesigen bunt gestreiften Regenschirm. Wer nicht wusste, für wen sie arbeitete, hätte den großen aufgedruckten Tropfen auf dem Schirm für eine müde Anspielung auf das Wetter halten können. Doch Anna erkannte darin eine große Träne, das Logo der Agentur.

Anna sah schon die Limousine.

Die Juniormaklerin öffnete den Kofferraum. Ein Dutzend bunt gestreifter Regenschirme, offene Kartons mit Agenturprospekten (»Weinen ... lassen!«).

Anna stellte ihre schmale Aktenmappe daneben.

Die Maklerin schwang für Anna die Beifahrertür auf, dann stieg sie selbst auf der anderen Seite ein.

Sie fragte Anna, wie die Fahrt gewesen sei. Anna klagte routiniert über die Bahn.

Anna sei sicherlich etwas angespannt, sagte die Maklerin, doch dafür bestehe kein Anlass.

Die Scheibenwischer wischten schnell und erfolglos unter dem Wasserschwall hindurch.

Auf den Straßen stauten sich Pfützen, groß und tief wie Seen, die Autos schwammen im Schritttempo darüber.

Sie fuhren aus der Stadt hinaus, auf die Autobahn. Als der Regen feiner wurde, erkannte Anna am Horizont die Alpen: eine wunderschöne Wand von Zacken, Scharten und Gipfeln. Die weiße Latexfarbe, von der es einst geheißen hatte, sie könne Jahrhunderte überdauern, war bereits auf großen Flächen abgeblättert, viele Bergspitzen waren längst mit Flechten und Moosen bedeckt.

Das war die natürliche, die vom Schicksal selbst gezogene Südgrenze Resteuropas.

»Sehen Sie die Seilbahn?«, fragte die Juniormaklerin.

Tatsächlich war, scheinbar ohne jedes Seil, vor einem

der Hänge eine Gondel zu erkennen, sie schwebte langsam nach oben. Resteuropäische Tagestouristen. Oben angekommen, würden sie in der Gipfelhütte einkehren, ein Radler für die Eltern, ein Spezi für die Kinder, und die Kinder würden aus sicherer Distanz mit fest installierten Fernrohren nach Österreich und in die Schweiz hinunterblicken und sich dabei wohlig gruseln.

Nach knapp zwei Stunden erreichten Anna und die Maklerin Neuschwanstein. Sie rollten, langsamer werdend, an einem Maschendrahtzaun entlang, und schließlich bogen sie auf den einstigen Busparkplatz. Am Ende des Platzes waren die Container für Verwaltung und Vermittlung aufgestapelt. Seit die Touristen aus dem Ausland wegblieben, wurde Neuschwanstein als Willkommenslager genutzt.

Der Regen hatte für einen Moment etwas nachgelassen. Anna und die Maklerin blickten nach oben zum Schloss. In den zahllosen Turmfensterchen steckten Trauben von Ausländern. Manche winkten.

Wenig später betraten sie einen der Bürocontainer. Anna und die Maklerin nahmen auf weißen Plastikstapelstühlen Platz. Der Willkommensbeamte war nicht von hier. Er sprach mit einem deutlichen nordresteuropäischen Akzent. Sein Blick pendelte zwischen den beiden Gästen.

Er sagte: »Wir haben hier alles. Subsahara komplett, Südostasien komplett. Zwei aus Nepal, einer aus Bhutan.

Ein paar aus Südamerika. Fünf Kasachen. Und natürlich jede Menge Ex-Europäer. Italiener, Österreicher, aber auch ein paar Skandinavier. Die Grenze ist ja gleich da oben, auf dem Kamm.«

»Kasachen?«, warf die Maklerin ein.

Der Willkommensbeamte sagte: »Der müsste auch mal wieder gestrichen werden, der Kamm. Das Grau ist doch eine Schande! Weiße Latexfarbe ist aus, sagen sie bei der BASF. Wie kann das bitte sein?«

Er wuchtete sich aus dem Stuhl und ging hinter seiner Spanplatte hin und her. Er sprach jetzt noch bedächtiger: »Ja, Kasachen, ich sag es Ihnen wegen der Vollständigkeit.«

Anna versuchte, die stacheligen Waden des Beamten, die aus den weiß-blau karierten Knickerbockern wuchsen, zu ignorieren.

Der Willkommensbeamte erklärte: »Die Leute leben hier nach Region getrennt, nach Herkunftsregion. Die meisten sind schon ein paar Monate hier. Das stärkt natürlich die Bindung, wenn die dann endlich wer abholt.«

Die Maklerin blickte zu Anna.

Der Willkommensbeamte sagte: »Sie waren schon beim Vorgespräch, das ist vorbildlich, diese Mühe machen sich nicht alle. Von daher sehe ich, Sie haben schon eine Präferenz?«

Auf der Rückfahrt nach München war die Juniormaklerin wie ausgewechselt. Der professionelle Small Talk war einer penetranten, geradezu privaten Aufgekratztheit gewichen. Ganz unverhohlen freute sie sich über das erfolgreich eingefädelte Geschäft.

Sie hoffe, plapperte sie, bald Seniormaklerin zu werden. Sie wolle eigentlich viel lieber in den Norden. Am liebsten in den Nordwesten, der Osten sei ihr dann doch zu trocken. Das sei vielleicht im Urlaub ganz nett, die viele Hitze und der knallblaue Himmel von morgens bis abends, aber sie persönlich, da sei ja jeder Mensch anders gestrickt, sie persönlich halte das, ganz im Unterschied zu ihrem Mann, aber da sei eben jeder Mensch anders gestrickt, sie persönlich halte das höchstens eine Woche lang aus oder zwei. Der Nordwesten also, der liege ihr. Und Neulübeck, das sei einfach wunderschön.

Die Betreuung des Willkommenslagers Holstentor, doch das dürfe Anna jetzt wirklich niemandem verraten, die Betreuung des Willkommenslagers Holstentor, das sei ihr großer Traum.

Anna überlegte kurz. Sie kannte niemanden, den diese Information interessiert hätte. Es interessierte ja nicht einmal sie selbst.

Im Willkommenslager Holstentor in Neulübeck, da kämen ja hauptsächlich die Skandinavier an, die Isländer, Grönländer, ab und zu ein Inuit. Das sei eine schöne Herausforderung. Außerdem, verkündete die Juniormaklerin, liebe sie Huskys über alles.

Und außerdem – außerdem schien eines ihrer Lieblingswörter zu sein; eine Vokabel, die jeden weiteren Redeschwall einleitete und als scheinbar kohärente, geradezu zwingende Fortführung des gerade Gesagten legitimierte – und außerdem, sie veränderte die Höhe ihrer Stimme abrupt von kreischender Nervosität zu tieftonigem Ernst, und Anna erkannte an der Veränderung des Tonfalls, dass die Juniormaklerin jetzt einen Scherz zum Besten geben würde, den sie schon oft gemacht hatte, einen Scherz, der vermutlich zum Repertoire jeder Juniormaklerin gehörte: »Und außerdem«, sagte sie, »als Seniormaklerin bist du ja gleich 'nen Kopf größer.«

München. Sie hielten wieder vor dem Hauptbahnhof. Die Maklerin hauchte erloschen: »Hat mich sehr gefreut.«

Anna sagte: »Mich auch. Vielen Dank!«

Die Maklerin sagte: »Sie hören bald von uns. Auf Wiedersehen!«

Die Maklerin rollte an Anna vorbei. Sie nahm eine Hand vom Lenkrad, um kurz zu winken.

Der Zug raste durch die Hopfenfelder. Das zukünftige Bier der Niederschicht hing von hohen Gestellen herab. Die Regentropfenbächlein flatterten waagrecht an der Scheibe.

Hatte Anna wirklich an alles gedacht? Sie sah wieder die Gesichter der Bewerber vor sich, diese Mischung aus Misstrauen und Hoffnung.

Hatte sie sich richtig entschieden? Ob ein Vorweiner etwas taugte, konnte niemand wissen, bis es so weit war. Hatte er den nötigen Sinn für Timing? Beherrschte er die ergreifende Modulation? War er wirklich in der Lage, wenn es darauf ankam, die Dynamik des Schluchzens effizient einzusetzen? Nicht einmal der Vorweiner selbst konnte das wissen, bevor es so weit war.

Früher hatten die Menschen um ihre Toten von alleine geweint, ohne jeden weiteren Anstoß, dachte Anna. Sie hatten wegen ihres eigenen Schicksals geweint, wegen ihrer eigenen Zukunft, die sie in den Toten erkannten.

Heute war es leichter, dachte Anna, wesentlich leichter. Wir erkannten uns nicht mehr in den Toten. Jeder Mensch war ein Geschäftspartner, und wenn er starb, war er ein ehemaliger Geschäftspartner, ein Geschäftspartner, der seine Funktion verloren hatte. Wir erkannten uns nicht mehr in ihnen, und wir mussten, wenn sie starben, nicht mehr unwillkürlich weinen.

In der Trauer, von der die Sozialgeschichtsschreibung zu berichten wusste, war die Welt arm und leer geworden. Wenn man nicht achtgab, füllte diese Trauer den Körper mit dunklen, zähen Säften, und ehe man es sich versah, war nicht nur die Welt, sondern das ganze Ich ganz arm und leer.

Ein unhaltbarer Zustand. Wir wollten keine leere Welt, und ein leeres Ich, das wollten wir schon gar nicht.

Die Auslagerung der Trauer, dachte Anna, war ein beträchtlicher zivilisatorischer Fortschritt, vielleicht der größte, seit Semmelweis und Pettenkofer die Bedeutung der Hygiene erkannt hatten.

Wir, dachte Anna, konnten zu jeder Zeit die Contenance bewahren, selbst in der einst so prekären Situation eines Sterbefalls im Kreise der allerengsten Verwandtschaft.

Dass es nach dem eigenen Tod allerdings ebenso sein würde, war nur schwer erträglich. Und hier kam der Vorweiner zum Zug, Anna, gerührt von einer vorweggenommenen Dankbarkeit, stiegen unwillkürlich Tränen in die Augen, hier erfüllte er die wichtigste, genau genommen die einzige Aufgabe seines Lebens. Nur der Vorweiner nahm Anna die Angst. Sie wusste, er würde weinen um sie. Sie war nicht allein.

Der Moment, als sie ihn, ihren künftigen Vorweiner, getroffen hatte, es war nur wenige Stunden her, war dann viel aufregender gewesen, als sie erwartet hatte.

Der Willkommensbeamte hatte mithilfe der Juniormaklerin auf einem Beistelltisch eine Blumenmusterdecke ausgebreitet. Dann brachte er aus dem Nebenzimmer einen Teller mit Kaltem Hund und sägte vier fingerdicke Scheiben davon ab. Schließlich schaltete er eine Kerze an und verließ den Raum.

Nach ein paar Minuten sprühte aus kleinen Düsen an der Decke ein feiner Nebel.

»Oxytocin«, flüsterte die Juniormaklerin. »Und Moschus, aber nur ein ganz klein wenig.«

Es klopfte an der Tür.

Anna und die Juniormaklerin sahen sich an.

Die Juniormaklerin nickte Anna zu.

Anna rief: »Ja, bitte!«

Vor der Tür stand der Niederländer. Hinter ihm der Willkommensbeamte. Anna erkannte links und rechts seine Ränder.

Der Niederländer bückte sich, als er ins Zimmer trat. Der Willkommensbeamte schlurfte hinterher und sagte: »Bitte setzen Sie sich doch.«

Annas künftiger Vorweiner war in der Wirklichkeit noch sympathischer als im Katalog.

Der Kalte Hund schmeckte köstlich, doch Anna bekam nur zwei kleine Bissen hinunter.

Der Zug kreuzte die Regengrenze. Durch die Böschungsbrände raste er Richtung Berlin.

Anna befahl dem Telefon: »Berta!«

Sie hörte es in der Ferne schnarren.

Bertas Stimme: »Hallo, Anna!« Und dann ohne Zögern: »Hast du einen gefunden?«

Anna rief: »Ja, stell dir vor! Das war dann doch verzwickter, als ich erwartet hatte. Man kennt die Leute ja nicht. Jedenfalls, ja, ich habe einen ausgesucht! Die Formalitäten werden wohl noch ein paar Tage brauchen, dann kommt er.«

Berta sagte: »Ich soll jetzt ausziehen?«

Anna sagte: »Aber nein, mein Liebes, das sollst du natürlich nicht. Du kannst, wenn du magst.«

KAPITEL 4,

worin ein pinker Bote Pizza bringt. Ein grüner Bote bringt einen Brief vom Amt. Vom Amt!

(Dosenananas, Gewalt gegen Ranzenkrebse)

Bahnarbeiter tot! Aber warum???
München (ASN) – Ein tragisches Ende nahm das Leben
eines Arbeiters auf dem Güterbahnhof Kornwestheim.
Kurz vor Feierabend stieg der Arbeiter in einen leeren
Waggon.
Plötzlich: Die Tür schließt sich! Es ist ein Kühlwaggon! Der
arme Mann hält seine letzten Stunden fest. Er schreibt mit
einem Bleistift an die Innenwand. Fürchterlich genau: Erst
frieren die Zehen ab, dann beide Beine. Der Arbeiter schreibt
einen Abschiedsbrief. Herzzerreißende Zeilen!
Am nächsten Morgen öffnen Bahnarbeiter den Waggon. Sie
finden den Kollegen, tot und steif gefroren.
Stellt sich heraus: Die Kühlung ist gar nicht eingeschaltet!
Die Polizei überbringt der Familie die schreckliche Nach-
richt. Wir wollen unseren Hörer:innen die entsetzten
Schreie der Witwe nicht vorenthalten.

Ich bin nicht zufrieden damit, dass schon wieder eine
Witwe schreit, eigentlich könnte es auch der Ehemann des
Bahnarbeiters sein oder sein Vater, aber richtig entsetzte

Frauenschreie sind an Eindringlichkeit schwer zu überbieten.

Ich bemerk, wie mich die Konzentration verlässt. Ich bin unterzuckert.

Höchstens die Schmerzensschreie eines gequälten Kindes runden eine Nachricht noch prägnanter ab, aber solche Schreie einzusetzen verbietet sich aus ethischen Gründen, das ist ja klar.

Die macht nicht alles.

Unterzuckert. Ich bestell eine Pizza Hawaii. Toast Hawaii, Trost Hawaii.

Ich schnalz dem Hund. Er schlurft unterm Schreibtisch vor.

Ich heb den Zeigefinger: »Sitz!«

Der Hund gehorcht. Er sieht mich aufmerksam an. Ein blaues und ein braunes Auge. Ich glaub, auf dem blauen Auge ist er blind.

Ein schönes, elegantes Tier. Die lange Schnauze, der konzentrierte halbe Blick unter diesen fast menschlichen Augenbrauen.

Ich bin froh, dass der Hund so genügsam ist. Das gute Fressen ist teuer, also kauf ich ihm die billigsten Dosen. Oft fängt er Kellerasseln, die sich in den Ecken sammeln, manchmal auch eine Maus. Selten, wenn ich wieder mal vergessen hab, den Toilettendeckel mit einem Ziegelstein zu beschweren, erlegt er auch eine Ratte.

Ich les dem Hund die Nachricht mit dem Kühlwaggon vor, die ich gerade wieder neu erfunden hab.

»Wie findest du das?«

Der Hund reißt die Kiefer auf. Die schmale lange Zunge liegt für einen Moment flach zwischen den spitzen Zähnen, aber dann biegt sich ihre Spitze nach oben. Der Hund gähnt.

»Vielleicht ein bisschen kurz, oder? Könnte man noch etwas ausschmücken, oder?«

Der Hund gähnt noch mal.

»Ach, hau ab!«

Ich tret ihn weg. Er dreht einen Bogen, kehrt zurück, kriecht wieder untern Schreibtisch und legt sich auf meine Füße.

Ausländische Küche: Risiko!

Heide / Holstein (ASN) – Ein tragisches Ende nahm der Besuch eines ausländischen Restaurants für einen armen niedlichen Hund.

Olaf und Veronika B. (64 und 62) baten beim Betreten der Gaststätte um einen Napf Wasser für ihren »Wautzi« (Doggenwelpe, erst 7 Monate!).

Olaf B. zeigte abwechselnd auf Wautzi und auf die Tür zur Restaurantküche, um sich verständlich zu machen.

Nach dem Essen (Olaf B.: »Hervorragend!«) beglich Veronika B. die Rechnung und suchte nach Wautzi.

Und jetzt kommt's: Der Kellner sagt, das Ehepaar B. habe den Hund soeben aufgegessen! Das sei schließlich ihr Wunsch gewesen!

Wir wollen unseren Hörer:innen die Schreie von Veronika B. nicht vorenthalten.

Immerhin, ich hab einen Hund. Seit er eines Morgens dicht an der Hauswand vor der Tür lag, bin ich nicht mehr allein.

Ich erinner mich immer noch gut an den Tag, an dem A. wie Anna aus München zurückgekommen ist. Ich hatte meine Sachen schon gepackt, einen kleinen Rucksack voll, dazu einen Beutel aus grobem Leinen mit den alten Büchern darin.

Ich bin die Treppe zum Vestibül runtergestapft, da hör ich, wie aus dem Flur zum Wirtschaftsflügel die Stimme von Frau Sonnberger hallt, unsrer Haushälterin: »Die junge Frau will verreisen? Wo soll es denn hingehen? Darf ich dir ein Taxi rufen?«

Frau Sonnberger hat mich noch immer geduzt, sie hat mich als ganz kleines Kind schon geduzt, natürlich, und irgendwann hat sie den Moment verpasst, an dem es für eine Hausbedienstete angemessen gewesen wäre, auf eine formellere Anrede umzuschalten.

Während ich auf dem roten Treppenteppich gehockt bin, hab ich mich gefragt, ob ich diesen Riesenkühlschrank, in dem ich aufgewachsen bin, jemals wieder betreten werde.

Dort oben bin ich zur Welt gekommen, hier auf dem roten Treppensisal hab ich mit Autos gespielt, und da unten in der Eingangshalle, hinter der Bananenstaude, hab ich zum ersten Mal einen Jungen geküsst. Einen Jungen aus der Nachbarschaft. Christian. Blau gestreifter Krawattenknoten über einem gelben Pullunderkragen. Seine Haut hat fettig geglänzt. Der Kuss hat nach alter Avocado geschmeckt, aber es ist ein richtiger Kuss gewesen, mein Mund hat seinen Mund völlig bedeckt und luftdicht angesaugt. Damit später niemand behaupten konnte, es sei nur eine zufällige Berührung gewesen, hab ich in Gedanken langsam bis zehn gezählt, ab fünf ist Christian rot angelaufen und hat versucht zu zappeln, aber ich hab ihn festgehalten, und ab zehn hab ich es zugelassen, dass ganz langsam, also romantisch, wieder Luft in unsern Unterdruck reinströmt.

Daran hab ich gedacht, da oben auf der Treppe, ich hab in der Erinnerung noch die Luft zischen gehört, und dann hab ich in der Gegenwart gehört, wie der Kies in der Einfahrt knirscht. Ich hab den Beutel über die Schulter geworfen, hab die letzten Stufen genommen, und im selben Moment schwingt die große Eingangstür auf. Die Mutter steht vor mir.

»Das Taxi wartet«, sag ich und drück mich an ihr vorbei durch die Tür.

Und leise sag ich: »Viel Spaß mit deinem Vorflennsklaven!«

Ich ruf, schon von draußen: »Auf Wiedersehen, Frau Sonnberger!«

Was Frau Sonnberger antwortet, kann ich kaum noch hören. Es klingt wie: »Das wäre schön!«

Die Mutter, immer noch im offenen Türflügel, laut, aber unentschlossen: »Liebes! Liebes! Meinst du denn ...?«, aber da fällt schon die Taxitür ins Schloss mit einem fetten Schmatzer. Der Platz auf der Rückbank, auf dem ich jetzt sitz, ist noch warm vom Hintern der Mutter.

Die Mutter hat ja das Haus und den Garten nur selten verlassen.

Die paar Menschen, mit denen sie noch persönlich geschäftlich verkehren musste, haben ihr bei uns im Haus die Aufwartung gemacht, im Salon. Einmal in der Woche sind ihre Freundinnen zum Sektfrühstück gekommen, die meisten mit Vorweiner.

Die Mutter hat in den ganzen Jahren das Anwesen nur verlassen, um zur Kur zu gehen oder um sich operieren zu lassen.

[Das Gottesauge, Bild im Bild, es zeigt: Berta auf der Treppe hinunter zur Auffahrt, im Mund einen Schnuller, im Mund einen Lolli, eine Zahnspange, eine Zigarette. Dann, Gegenschnitt, ein heranrollendes Taxi, wieder und wieder.
Der immer selbe, immer älter werdende Fahrer, der aussteigt, der mit durchgestreckten Beinen eilig um das Auto herumstakst, der die Tür am Fond aufzieht.
Die Mutter, verlaufener Gesichtsfleck, die von der Rückbank steigt und auf das Haus zuschwebt.]

Nach der siebten OP war endlich auch ihr Hals so straff wie das frisch festgezurrte Laken eines – alle Achtung, kammanichmeckern, krieg ßwei Tare Sonderurlaub, Schütze Wieauchimmer – frisch bezogenen resteuropäischen Grenzsoldatenbetts.

[Das Gottesauge, Bild im Bild, ein Fadenkreuz: Ein junger Grenzsoldat versenkt ein Laken zwischen Matratze und Rahmen, stopft mit der Handkante das Laken ringsherum, bis es sich auf der Matratze spannt wie eine Gummihaut. Er wirft ein Geldstück in die Höhe, kurzer Parabelflug,
es prallt auf das Laken,
springt wieder hoch,

prallt und springt,
prallt und springt immer schneller,
immer kürzer,
bleibt schließlich mitten auf dem frischen Laken liegen.
In der Stubentür der resteuropäische Grenzfeldwebel.
Er nickt anerkennend.
Feldwebel: Alle Achtung, kammanichmeckern!
Grenzsoldat: Zwei Tage Sonderurlaub?
Feldwebel: Zwei Tage Sonderurlaub, Schütze …!
Grenzsoldat: Meier!
Feldwebel: Wieauchimmer.]

Die Mutter sah dann jünger aus als ich. Sie begann mit meinen Freunden zu flirten. Vom Vater war sie ja schon lange befreit.

Die ersten Flirtversuche hab ich noch für ein Versehen gehalten.

Ein herausfordernder Blick oder ein Augenaufschlag, der auch ihrer Zerstreutheit hätte geschuldet sein können.

Ein von der Schulter gerutschter Träger, der auch ihrer Zerstreutheit hätte geschuldet sein können.

Ein laszives Lecken der Lippen.

Eine treudoofe Frage mit Kleinmädchenstimme.

Eine treudoofe Frage mit Kleinmädchenstimme plus Augenaufschlag plus verrutschtem Träger.

Ich hab sie zur Seite genommen und gesagt: »Du bist ein bisschen zerstreut, was? Du könntest seine Mutter sein!«

Sie hat ganz trocken gesagt: »Seine Großmutter«, und so spitz gelächelt, wie sie eben konnte, spitz wie geil und spitz wie spitz.

Da hab ich es begriffen: Auch wenn sie sich keinen Vorweiner hätte bestellen wollen, wär es für mich allerhöchste Zeit gewesen auszuziehen.

* * *

Mein Magen knurrt. Ich muss auf die Pizza warten, vorher hat es keinen Sinn weiterzuarbeiten.

Es ist mir egal, welche Zerstreuungsfeier ich seh. Ich errate die URL und lass mich überraschen. Die Zerstreuungsfeiern ähneln einander, und gerade das macht es reizvoll, nach Unterschieden zu suchen.

Ein paar Tage später wird mich ein pinkfarbener Pizzabote fragen: »Und wie kommst du dahin? Ist das legal?«

Und ich werde antworten: »Kein richtiger Hack, nur ein Trick, ein kleiner. Die Zerstreuungsfeiersoftware ist einfach im Arsch. Die setzt automatisch in jeder URL eine Zeichenfolge vor das Datum, und die Zeichenfolge ist immer die gleiche.«

Der pinke Pizzabote wird ratlos schauen.

Ich werde fortfahren: »Ich such nach dem Datum und der Zeichenfolge, dann bekomm ich eine Liste mit den aktuellen Feiern.«

Der pinke Pizzabote wird ratlos schauen und sagen: »Aha.«

Zerstreuungsfeiern fremder Menschen zu verfolgen entspannt mich mehr als alles andere. Mehr als Schlafen oder Yoga oder Sex.

Psychohygienisches Workout. Gehirnentschlackung.

SIE haben sich aufgelöst. ICH bin noch da.

Dass mein Bild am Rand des Monitors keinen Namen trägt, fällt nicht weiter auf. Viele Menschen haben Mühe, mit diesen Programmen richtig umzugehn.

Dass meine Kamera abgeschaltet ist, ist auch egal. Wer will, schaltet die Kamera einfach ab. Allgemein akzeptierte Begründung: Man will nicht beim Weinen beobachtet werden.

Man kann sich zuschalten und ist damit offiziell anwesend, was die Angehörigen freut, die sich nach der Zerstreuung die Auswertung der Logfiles kommen lassen, im Preis inbegriffen! So viele Menschen haben an Oma, Opa, Mama, Papa, Schwester, Bruder gedacht!

Und trotzdem verschwendet man keine Zeit. Kann weiter am Rechner arbeiten, kann zocken, den Haushalt versorgen oder rausgehn, Einkäufe erledigen.

Ich verlass den Schreibtisch nicht, natürlich nicht. Ich seh zu. Ich will den Vorweiner erleben, dessen Schluchzen mich end-, letzt-, mustergültig mitreißt. Ich erlebe diesen idealen Vorweiner nie, aber ich bin süchtig nach der Suche.

Es wummert an der Stahltür oben. Ich steig die Treppe hoch. Vor mir ein Postbote in froschgrünen Knickerbockern. Froschgrünes Hemd, kurzärmlig. Ich erschreck, weil nur Ämter und Behörden noch richtige Briefe verschicken, und ein Brief von Ämtern und Behörden bedeutet nie was Gutes. Ich quittier den Empfang.

Ich setz mich aufs Bett und rupf den Brief auf.

Es wummert schon wieder. Ich steig wieder hoch zur Tür. Der Pizzabote. Knickerbocker, pink. Es ist ein neuer Pizzabote.

Post, Pizza, Militär, alle Uniform- und Arbeitshosen sind jetzt Knickerbockerhosen, das hat sich so etabliert. Erst war es bloß eine doofe Mode, jetzt ist es eine der großen Traditionen Resteuropas.

Radikale Hochwasserhosen. Dazu ein Oberteil in derselben Farbe und ein Hut, logisch. Bei uns in Westresteuropa ist der Hut aus Gummi, in Ostresteuropa ist er aus Stroh.

Ich muster den pinken Pizzaboten. Er sieht verwirrend niedlich aus mit seinen dünnen nackten Beinchen.

Er fragt: »Pizza Hawaii?«

Ich sag: »Ehre den Inseln, blubb, blubb!«

Er pariert: »Ehre den Inseln! Blubb!«

Er lächelt, und ich bin sofort verliebt. Er lächelt mit beiden Lippen, auch der oberen, ein richtiges, breites Lächeln. Das Lächeln und die schiefen Zähne verraten, dass er zur Niederschicht gehört. Nur die Niederschicht lässt sich wie unmündige Kinder in dreiviertellange Hosen und Kurzarmhemden zwingen, um Essen oder Briefe auszufahren oder auf andre Leute zu schießen.

Der Pizzajunge sieht wirklich verdammt niedlich aus.

Ich versuche einen lasziven Augenaufschlag. Ich hauche, treudoof und mit Kleinmädchenstimme: »Vielen Dank!« Und: »Bis bald!«

Ich setz mich wieder aufs Bett, den Pizzakarton auf dem Schoß. Auf dem Deckel steht PIZZA-FLITZA in rechtswärts rennenden Buchstaben, den Firmennamen hab ich mal erfunden, vor vielen Jahren. Dafür krieg ich jede zwanzigste Pizza gratis, auf Lebenszeit.

Ich klapp den Deckel auf und knips die Pizza. Das Bild wird mich später dran erinnern, dass ich heute schon was gegessen hab.

Ich beiß den Rand ringsrum ab von der Pizza, dann nehm ich mir eine Scheibe Ananas vor. Ich fahr mit der Zunge ins Loch und leck es leer.

Ich heb die Scheibe mit der Zunge von der Pizza, zieh die Scheibe in den Mund und beiß ab, dreh sie mit der Unterlippe und beiß, bis sie fast runterfällt, dann saug ich den Rest in den Mund und kau.

Ich ess Scheibe für Scheibe und nehm zum Schluss wider besseres Wissen noch einen Bissen vom Boden, den ich kurz kau, aber gleich wieder ausspuck.

Die Pizza Hawaii ist mit Meersalz gesalzen, immer zu viel, immer versalzen, das hat sich auch beim Toast so eingebürgert, das sind wir den Inseln schuldig.

Ich schleuder den Karton zur Seite und zieh den Amtsbrief aus den Fetzen des Kuverts. Bei Durchsicht der Einkommensteuererklärungen der letzten drei Jahre sei festgestellt worden, dass mein Einkommen zu gering sei, um davon leben zu können. Ich soll innerhalb von vierzehn Tagen darlegen, wie ich meinen Lebensunterhalt bestreite, andernfalls müsse von erheblichen unversteuerten Einkünften ausgegangen werden.

Ich weiß nicht, wie ich belegen soll, dass ich nicht verdiene, was ich nicht verdiene.

Wie soll ich was vorzeigen, das es nicht gibt?

Die Farbe des Wassers, das an der Wand runterrinnt, verändert sich. Es wird erst hellgelb, dann orange und schließlich kräftig rot.

KAPITEL 5,

worin Anna tatsächlich zum ersten Mal Stamppot isst. Der Groninger Martiniturm, erfahren wir, ragt noch stets aus der Ostwestsee.

(Alkoholkonsum)

Anna sagte: »Eins, zwei, drei.«

Der Betäuber: »Täglich grüßt das Murmeltier. Schön wär's.«

»Ausgestorben?«

»Schon lange.«

Er setzte ihr wieder die Maske auf.

Sie murmelte: »Zwei, drei, vier.«

Sie nahm die Maske wieder ab.

Der Betäuber seufzte.

A. wie Anna kniff die Augen zusammen.

Die Sonne gleißte, hell wie nie. Ihr Licht war kalt und weiß.

Die Sonne war keine Sonne.

Die Sonne war nur ein Leuchtfeld über dem Operationstisch. Anna begann zu verstehen.

Sie war für immer geblendet. Sie hatte bereits das Gesicht des Betäubers vergessen.

* * *

Anna stand auf halber Höhe der Freitreppe, fest und senkrecht wie ein Zimmermannsnagel. Sie trug ein unstrutrotes Abendkleid, der Blick war nach vorn gerichtet, über die applaudierende, jubelnde, nur in ihrer Einbildung versammelte Menschenmenge hinweg. Anna war ein Filmstar ohne Film.

Der Taxifahrer trug, den Arm weit von sich gestreckt, einen verdreckten Rucksack herein und legte ihn neben dem Marmorkübel der Bananenstaude ab. Hinter ihm bückte sich der Niederländer beim Gang durch die drei Meter hohe Eingangstür.

Er sah sich verstohlen um.

Annas Stimme ließ die Kristalltropfen am Kronleuchter leise klirren. »Inzwischen gibt es sogar Menschen, die bei langer Trockenheit ins Tönnchenstadium wechseln, wie die Bärtierchen! Ohne Stoffwechsel, ohne Lebenszeichen, tote Tönnchen, die man zu einer beliebigen Zeit wieder aufwecken kann, doch manche, die man vergessen hat, die bekommen gar nicht mit, wenn es wieder Zeit wäre, zurück ins Leben zu gehen, die bleiben tot mit der Option, wieder zu leben, doch die Option wird nicht eingelöst, wie denn auch, von wem denn auch, die Option verfällt nicht einmal.«

Draußen rollte ein Auto davon. Der Kies knirschte leise.

»Entschuldige Er, ich freue mich sehr, dass Er jetzt hier ist! Sein Dasein und, mehr noch, Sein Hiersein spendet Trost und Sinn, und dafür kann ich Ihm gar nicht genug danken, danke, danke, merci, vielen lieben herzlichen Dank, merci beaucoup!

Er hat es vielleicht bereits bemerkt, ich lebe hier alleine, allein mit Frau Sonnberger, das ist die Hausbesorgerin, doch ich lebe, leider, ohne Angehörige. Meine Tochter ist vor Kurzem ausgezogen, sie wollte nicht, doch sie musste, ein Engagement in Neuhamburg, das sie nicht ausschlagen konnte, auch nicht ausschlagen wollte, trotz des Dauerregens, den ist sie ja von hier gar nicht gewohnt, doch Er, Er kennt das natürlich. Meine Tochter macht jetzt eine Karriere im Regen, eine, ich darf das ohne Übertreibung sagen, äußerst steile Karriere.«

[Das Gottesauge, Bild im Bild, es zeigt das Gesicht einer jungen Frau, das Gesicht von B. wie Berta. Sie sitzt an einem riesigen Bildschirm, tippt darauf herum, überlegt, tippt noch einmal.

Berta sitzt in einem großen Büro. Eine dunkelgrüne Ledergarnitur, ein Sofa und drei Sessel, auf einem Teakholztischchen einige halb volle Flaschen, Gin, Whiskey, Tonic, Mineralwasser. In einem Edelstahlkühler eine Flasche Champagner.

[[Das Gottesauge im Gottesauge, Bild im Bild im Bild, es zeigt: Die Flasche steht im Wasser, das Eis ist geschmolzen.]]

Das Büro ist rundum verglast, auch das Dach ist aus Glas. Die junge Frau sitzt unter einem Regentropfenteppich, das Wasser läuft zu den Seiten, rinnt die Scheiben hinab. Gedämpftes Tageslicht von allen Seiten.

Es klopft.

Die junge Frau reagiert nicht. Sie tippt weiter.

Ein junger Mann in Livree betritt den Raum, er tauscht den Sektkühler mit der Flasche darin.

[[Das Gottesauge im Gottesauge, BiBiB: Die neue Flasche im neuen Kühler steht in zerstoßenem Eis.]]

Der Diener entfernt sich diskret.
Die junge Frau sieht aus dem Fenster. Unter ihr die
nasse Stadt. Aus dem Beton, auf den Straßen und Wege
aufgemalt sind, wölbt sich ein grünes Kuppeldach
mit einer grünen Spitze. Darauf eine goldene Stange,
Kugel, Wetterfahne, Kreuz.]

»Er lebt sich sicher schnell hier ein, die Trockenheit hat
ihre guten Seiten, doch wem sage ich das. Im Fall des Falles
wäre ja die alte Frau von der Schwellenborg, sie wohnt«

– Anna fuhr den Arm zur Seite aus –

»dort drüben, sie ist unsere nächste Nachbarin, das Haus
ist kaum noch zu erkennen, es ist eingehüllt vom toten
Efeu, alles zugewachsen bis auf ein paar Fenster und die
Hintertür zum Garten, man kann ihn nicht mehr als Efeu
erkennen, die Blätter sind abgefallen, schon lange, nur die
Zweige sind noch da, das ganze Haus ist von einem hölzer-
nen Spinnengewebe umhüllt,

im Fall des Falles wäre wohl Frau von der Schwellenborg
zu meiner Vorweinerin verpflichtet worden, es ist immer
die nächstgelegene Nachbarin, so lautet das Reglement,
vorausgesetzt, sie hätte mich überlebt. Unangenehme
Sache auch, eine Frau als Vorweinerin, Frauentränen be-
rühren niemanden so sehr wie die Tränen eines Mannes
es können, dazu kommt, es ist doch eine besonders un-
erquickliche Aufgabe, zum Vorweinen amtlich bestellt zu
werden, meint Er nicht?
    Doch jetzt, da Er hier ist, wird sich das Verhältnis, das

Verhältnis zwischen Frau von der Schwellenborg und mir, und uns, rasch entspannen, sicher lernt Er sie bald kennen, Frau von der Schwellenborgs Vorweiner stammt aus Benin, Golf von Guinea, falls Sie verstehen. Er ist schon einige Jahre bei ihr, ein freundlicher, nicht mehr ganz junger Mann, dessen großer Moment nicht mehr fern sein dürfte.«

[Das Gottesauge, Bild im Bild: ein alter Herr. Weißes Haar. Er steht in einem ganz mit Orientteppichen ausgeschlagenen Saal und probt einen tieftonigen Klagegesang, der in der Wandbekleidung versickert.]

»Getrauert wird ja nur um Menschen, die jemand kennt. Um die Alten, die alleine sterben, seien wir ehrlich, kann gar nicht getrauert werden, von wem denn auch? Die Tochter der Frau von der Schwellenborg, Er wird die Geschichte ohnehin bald hören, dann kann ich sie Ihm ebenso gut gleich erzählen, die Tochter der Frau von der Schwellenborg, Gesine, Gesine Lindner von der Schwellenborg,

der starb vor an die zwanzig Jahren plötzlich ihr Kind, ein Sohn, doch dann erst, um fünf nach zwölf, sich einen Vorweiner kommen zu lassen, das geht fast immer schief, das wirkt doch sehr erzwungen, aufgesetzt, verkrampft, und so verlief die Zerstreuungsfeier damals dann ja auch.

Manche vererben ihren Vorweinern alles, sehe Er sich um, das Haus, der Park, die Autos, und das ist, lasse Er es mich so ausdrücken, nur das, was auf den ersten Blick zu sehen ist, die Vorweiner verkaufen dann die ganze Chose und nehmen das Geld mit zurück in ihre Länder, bauen klimatisierte Villen auf hochwassersicheren Warften, von den allermodernsten Selbstschussanlagen geschützt und so weiter, ich will nur andeuten, um was es hier gehen könnte für Ihn, lasse Er mich betonen: könnte.

Jedenfalls: Was ich dereinst sein werde, das werde ich durch Ihn sein, sei Er sich dessen immer bewusst. Was einmal bleibt von mir, bleibt nur durch Ihn. Lasse Er sich nichts einreden, wenn Er sich draußen bewegt, Er ist hier mehr als willkommen, und das allein zählt, jede Anfeindung entspringt dem reinen Neid, bitte denke Er daran, wenn Ihm vonseiten des Pöbels jemals etwas Unhöfliches widerfahren sollte.

Wisse Er, die Niederschicht lässt sich für gewöhnlich keine Vorweiner kommen, die Niederschicht baut ihre Vorweiner selbst an, zumindest bislang, sie züchtet sie selbst, ihre, sagen wir, vielleicht etwas salopp formuliert: ihre Blagen. Die Fähigkeiten der Niederschichtskinder, überzeugend vorzuweinen, mögen für Niederschichtseltern ausreichend erscheinen, auch wenn es uns widerstreben mag, dass jemand die eigenen Kinder mit einer so bedeutsamen Aufgabe betraut, einer Aufgabe, die zudem eine unnatürlich starke, fast ungehörige, lasse Er es mich direkt sagen, wir sind hier unter uns, eine Aufgabe, die ein

geradezu ekelerregendes Maß an emotionaler Nähe zu den eigenen Eltern voraussetzt.

Seit Kurzem, Er hat vielleicht davon gehört, auf der Flucht bereits oder auch im Willkommenslager, sind Teile der

Niederschicht der Grille verfallen, sie könnten auch außerhalb ihrer engsten Familie vorweinen, sie könnten außerhalb der Niederschicht sogar ein reguläres Auskommen finden als Vorweiner, da sie,

so die Hybris,

ebenso gute Vorweiner seien wie die ausländischen, doch Tatsache bleibt, dass in der resteuropäischen Niederschicht keine guten Vorweiner existieren, das zeigt jede Empirie, und das ist seit Langem auch gründlich theoretisch unterfüttert.

Wer einmal einen Vorweiner aus der Niederschicht zu hören genötigt ist, sei es bei der Zerstreuungsfeier seiner, des Vorweiners, eigenen Niederschichtseltern, sei es, weil ein übertrieben undogmatisch sich gebender oder schlicht besonders sparsamer Bürger sich einen Vorweiner aus der Niederschicht hat kommen lassen, wer jemals einen Vorweiner aus der Niederschicht hört, ist abgestoßen von einem Weinen, das

entweder, wenn es den eigenen Eltern gilt, ganz roh, fast tierisch tönt und dem die geringste Kunstfertigkeit fehlt,

oder aber, wenn es Professionalität vortäuschen soll, ganz deutlich dem tief empfundenen Weinen der fremdländischen Vorweiner nachgeahmt ist, sodass jede Zuhörerin abgestoßen wird von einem Geheul, das seine vollkommene Artifizialität in nur geringem Maße verstecken kann.

Wenn ein Vorweiner aus der Niederschicht vorweint, muss die Zerstreuungsfeiergesellschaft sich das Lachen verkneifen, und damit sind die Angehörigen, nicht zuletzt post mortem die zu Zerstreuenden selbst, die offensichtlich an der falschen Stelle gespart haben, gründlich blamiert.

Im besten Falle umweht die Vorweiner aus der Niederschicht der Hauch des Animalischen, und wenn sie klagen, sie könnten die Aufgabe eines Vorweiners ebenso gut erfüllen wie Ausländer, dann kann man nur sagen, dass das in einer Hinsicht zumindest nicht völlig abwegig ist: Sie kopulieren wie die Urmenschen, und sie heulen wie die Wölfe.

Die Verbindung der Niederschicht, der einfachen Menschen, zum Sentiment ist also durchaus vorhanden, doch ohne jeden Zweifel ist sie durch den Wohlstand und die Sicherheit des Lebens in Resteuropa sehr stark eingehegt, gleichsam domestiziert.

Wer nie ein Theater oder ein Konzert besucht, geschweige denn ein anspruchsvolleres Instrument als die«

– Anna verzog spöttisch den Mund –

»Maultrommel erlernt hat, der hat, im Großen, weder einen Sinn für die enorme kulturelle Bedeutung, die dem Vorweinen in Resteuropa zukommt, noch, im Kleinen, das geringste Gespür für Dynamik oder Timing, für das, was beim praktischen Vorweinen, das doch immer ein delikates Wechselspiel zwischen dem Vorweiner und seinem Publikum bleibt, am Ende einzig zählt.«

Anna stelzte die Stufen hinunter ins Vestibül. Sie stand vor ihrem Vorweiner.

Seine ausgebeulten Schuhe versanken im Teppichflor.

Er umklammerte eine pralle Plastiktüte.

Anna sah zu ihm hoch.

Anna rief nach der Haushälterin.

Als Anna ihre Hand ausstreckte, wechselte der Niederländer rasch die Plastiktüte von der rechten in die linke Hand. Anna sagte mit der allerhellsten Stimme: »Er wird sich bald einleben.«

Frau Sonnberger brachte ein Silbertablett mit zwei Schnapsgläsern.

»Genever«, sagte Anna, jetzt eine Oktave tiefer. »Wohlsein.«

Sie stießen die Gläschen gegeneinander, warfen den Kopf in den Nacken und kippten den Schnaps in den Schlund.

Anna schüttelte sich, dann sagte sie: »Willkommen! – Ich zeige Ihm Seine Suite. Wenn Er mir bitte folgen will?«

Der Niederländer sah sich suchend um.

»Neben der Bananenstaude«, sagte Anna.

A. wie Anna schritt die Treppe wieder nach oben, der Vorweiner nahm seinen Rucksack und folgte ihr.

Anna führte ihn den langen Flur im zweiten Stock entlang, über den frisch gesaugten Teppichboden mit den blauen Lilien, bis zu einer hohen Flügeltür.

Sie drückte die glänzende Messingklinke.

Anna sagte: »Sein Wohnzimmer.«

Sie durchquerte den Raum und öffnete eine weitere Tür: »Sein Schlafzimmer. Dort drüben«

– sie wies, die Handfläche nach oben, zu einer Glastür neben der Kleiderschrankwand –

»das Bad. Er will sich sicher frisch machen. Ich erwarte Ihn in einer Stunde im Vestibül. Dann wollen wir gemeinsam das Dîner einnehmen.«

Anna verließ die Suite und schloss hinter sich die Tür.

Der Vorweiner schob die Spiegeltür zur Seite. Auf der Stange hingen gebügelte Hemden, augenscheinlich ungetragen, er sah im Kragen nach der Größe, sie würden ihm passen, XL Slim Fit, zwei Anzüge aus Wolle, nachtblau und schwarz, ein heller Anzug aus Leinen, in den Fächern und Laden darunter Jeans, T-Shirts, Socken, Boxershorts.

Manschettenknöpfe, Krawatten.

Der Vorweiner zog ein Bild aus dem Rucksack und klemmte es hinter den Anzügen an die Rückwand des Schrankes. Ein Gesicht war kaum noch zu erkennen, man bemerkte das Fehlen nur, weil der Oberkörper am Hals einfach endete, kopf- und gesichtslos, ein verlaufener Fleck, zugewachsen durch die Farben und Formen, die das Gesicht einmal umgeben hatten, organisches Flecktarn.

Daneben sein Bruder und er, der Vorweiner selbst, viele Jahre jünger als heute, am anderen Rand des Bildes die Mutter.

Der Vorweiner legte den Rucksack in den Schrank, darauf die Plastiktüte, und schob die Tür wieder zu.

Auf einer Kommode stand eine bauchige gläserne Vase, aus der orangefarbene Tulpen quollen.

Unten in der Küche besprach Anna mit Frau Sonnberger das Abendbrot.

Anna nahm, wenn sie überhaupt einmal Kohlenhydrate aß, meist südwestresteuropäischen Jasminreis oder Vollkornnudeln zu sich. Kartoffeln aß sie nur, wenn sie, A. wie Anna, sie selbst frisch ausgegraben hatte.

Frau Sonnberger sagte: »Wir haben nur Tütenpüree im Haus.«

Anna fragte: »Und Grünkohl?«

Frau Sonnberger: »Aus dem Glas.«

Anna fragte ganz direkt: »Frau Sonnberger, seien Sie ehrlich: Haben Sie schon einmal Stamppot zubereitet?«

Frau Sonnberger zögerte.

Dann sagte sie leise: »Nein.«

Und sie fügte, um Fassung ringend, hinzu: »Ich wusste gar nicht, dass es so etwas gibt.«

Eine Stunde später rückten Anna und der Vorweiner im Speisezimmer die gepolsterten Stühle zurecht, zwischen sich den Esstisch, drei Meter glänzendes Mahagoni, eingefasst von dunklen Intarsien.

Frau Sonnberger balancierte eine dampfende Schüssel herein. Als Anna aufblickte, zuckte Frau Sonnberger resigniert mit den Achseln.

Sie hob eine Kelle aus der Schüssel und pflanzte einen Haufen grüngelben Stampfes auf den Teller des Vorweiners. Die Haushälterin schritt ans andere Ende des Tisches, Anna sagte: »Ich bin nicht sehr hungrig, doch ich probiere gern!«, und Frau Sonnberger drapierte einen Klecks auf Annas Teller. Dann setzte sie sich an die Längsseite des Tisches und nahm sich selbst eine kleine Portion.

»Bon appétit!«, sagte Anna.

»Guten Appetit!«, sagte Frau Sonnberger.

»Guten Appetit!«, sagte der Vorweiner.

Anna sagte: »Das sieht sehr schmackhaft aus!«

Frau Sonnberger sagte: »Das freut mich.«

Sie begannen vorsichtig zu essen.

Anna fragte: »Er stammt aus Groningen?«

Der Vorweiner antwortete etwas bedrückt: »Ja, aus Groningen.«

Groningen war durch die RETTUNG RESTEUROPAS
fast völlig versunken.

Anna sagte: »Der Martiniturm ragt noch aus der Ostwestsee, nicht? Wenn man nah genug heranfährt mit dem
Boot, kann man das Carillon noch hören, hat man mir erzählt, jeden Dienstagmittag, nicht?«

Der Vorweiner sagte: »Und jeden Samstag.«

Anna war gut vorbereitet. Gegenseitiges Interesse war un-
abdingbar, wenn ihr Vorweiner dereinst seine Aufgabe angemessen erfüllen sollte.

Der Vorweiner zog mit dem Löffel Serpentinen, die auf
den Stamppothaufen hinaufführten.

An der Basis grub er einen Tunnel. Eine Emulsion aus
geschmolzener Butter und blassem Grünkohlkochwasser
rann in den Berg.

Später am Abend ging Anna noch einmal um das Haus. Sie
goss die Zitronenbäumchen an den Ecken der Veranda. Sie
richtete sich auf und atmete tief durch.

Nun war also ein Vorweiner im Haus. Ein Mann, dessen
Anwesenheit sie stets an ihren Tod erinnern, zur gleichen
Zeit jedoch trösten würde.

Er stand nur ein paar Schritte entfernt, neben dem abge-
storbenen Stiel der Riesenagave. Er telefonierte.

Anna bewegte sich mit kleinen Schritten hinüber, zwanglos mit der Gießkanne schlenkernd. Gelegentlich musste sie sich bücken, um ein Pflänzchen, das hier nicht hingehörte, aus dem Sand zu zupfen.

Sie nickte ihm zu.

Er nickte, während er weitersprach, lächelnd zurück.

Als Anna nur noch wenige Schritte entfernt war, beendete er das Gespräch. Anna sah noch ein Gesicht auf dem Display.

Der Vorweiner sagte: »Mein Bruder. Er lebt auf einem der großen Flöße, bei Deventer. Mit seiner Familie.«

KAPITEL 6,

**worin Berta die Zerstreuungsfeier der Kanzlerin
(viel zu früh verstorben) betrachtet. Pizzapete
postuliert, Briefe schreibe man nicht.**

(Dosenananas, sexuelle Inhalte)

Wenn zwei gemeinsam was erleben, das in die Geschichte
eingeht, dann klebt sie das zusammen. Manchen wird in so
einem Moment überhaupt erst klar, dass sie ein Paar sind. Ein
Krieg, ein Attentat, ein Deichbruch. Eine Schneewehe, die
dich zwei Tage lang von der Außenwelt abschneidet. Oder
eben der gemeinsam erlebte Tod einer berühmten Person.

B. wie Berta nimmt's also als gutes Zeichen für uns, für
Pizzapete und mich, dass gerade jetzt die Kanzlerin gestorben ist.

Die Kanzlerin stirbt, und wir sind ein Paar.

B. wie Berta hebelt den Ananasring mit der Zunge von der
Pizza und saugt ihn ein.

Die Käsesoße löst sich zäh vom Pizzastück, in Zeitlupe,
und tropft in den Karton.

Pizzapete fragt nachdenklich: »Kennst du das Pechtrop-
fenexperiment?«

Ich frag zurück: »Was glaubst du, wann der elfte Tropfen fällt?«

Wir hängen auf dem Bett rum, Pizzapete und ich. Pizzapete in pinken Knickerbockern. Der pinke Pizzabote, Pizzapote Pete.

Ich schieb mir die Pizza in den Mund, Achtel für Achtel, Pizzapete liegt auf dem Bauch und guckt zum Monitor.

Der Hund beobachtet Pizzapete, dann guckt er auch zum Monitor, dann wieder zu Pizzapete. Endlich rollt er sich zusammen und schläft ein.

Wo warst du, als Chilli Cayenne gestorben ist?

Wo warst du, als in Venedig der Campanile umgekippt ist?

Wo warst du, als Südostresteuropa in der 95. Spielminute doch noch das Finale der Fußballresteuropameisterschaft verloren hat?

Wo warst du, als die Methangasblase in Kotzebue, Alaska, in die Luft geflogen ist?

Wo warst du, als Restrussland kapituliert hat gegen Tristnistrien?

Wann hast du zum ersten Mal von Virus 23 gehört?

Mit wem hast du den letzten Fleck Schnee in den Alpen gesehen? (Wie er geschmolzen ist, das war ja auf allen Kanälen und Sendern. Der letzte Quadratmeter: eine Sache von ein paar Stunden. Danach drei Minuten lang Geigen.)

Weißt du noch? Der Herbst, in dem die Regengrenze einfach immer weiter nach Westen gewandert ist, bis über die Grenze hinaus? Als in Neuhamburg wochenlang der Himmel knallblau war?

Weißt du noch? Als auf dem Mond das erste Kind geboren wurde?

Wir waren schon zusammen, als ...

Der plötzliche Tod der Kanzlerin hat uns beide geschockt. Sie ist eine gute Kanzlerin gewesen, das nehm ich jedenfalls an, ich hab ja keinen Vergleich. Jedenfalls eine lange.

An ihre Vorgänger erinner ich mich nicht, und was in den Schulbüchern steht, ist in meinem Hirn verdunstet, sobald ich es gelesen hab.

Frau Sonnberger hat mir mal ihre erste Erinnerung an die Kanzlerin erzählt: wie die mit ihrer Mädchenband den Resteuropean Song Contest gewonnen hat, damals noch als »Chilli Cayenne«. Da war Frau Sonnberger selbst noch ganz jung und träumte von einer Karriere als Sängerin.

Chilli Cayenne ist dann in die Politik, Klimaschutz und so weiter, und auf einmal war sie wirklich Kanzlerin, die jüngste Kanzlerin der Geschichte, unter ihrem bürgerlichen Namen, Walburga Pepper.

Walburga Pepper hat sofort die DRITTE RETTUNG RESTEUROPAS geplant, forciert und in wenigen Monaten (die Zeit hat gedrängt!) durchgesetzt gegen alle Bedenken.

Die Grenzen Resteuropas sind sicher.

Die Lieferdienste aller Farben funktionieren tadellos.

Alles Übrige ist nicht die Aufgabe des Staates, sondern der resteuropäischen Menschen.

Nach einem bewegenden Besuch der alten Kanzlerin in den großen Willkommenslagern Westresteuropas (Köln Dom und Oberhausen Einkaufszentrum), ist sie nach Berlin zurückgefahren.

Der Weg von der gekühlten Limousine ins gekühlte Kanzlerinnenamt wär kurz gewesen. Aber Walburga Pepper, die schon lange Zeit um viele Speckzentimeter runder war als die agavenblütenstängeldürre Chilli Cayenne, steigt, wie sie es sich angewöhnt hat, noch vor der Auffahrt aus dem Wagen, geht angemessen langsam drei Schritte in der prallen Sonne auf das Haupttor zu – und sackt zusammen.

Ich angel noch einen Ananasring.

Ich frag Pete: »Hat es auf Hawaii überhaupt Ananas gegeben?«

Pete sagt: »Jedenfalls nicht auf Pizza. Das waren kultivierte Leute. Ehre den Inseln, blubb!«

Ich wiederhole: »Ehre den Inseln!«

Pete stutzt kurz, dann fragt er: »Hast du eigentlich schon mal frische Ananas gegessen?«

Ich versteh nicht, was er meint: »Wie, ›frische‹?«

»Eine richtige Frucht, nicht aus der Dose.«

»Bist du wahnsinnig? Das ist doch unberechenbar! Holzig, hart, unreif, alles! Wer soll so was essen? – Reif und weich, in Scheiben, in der Mitte gelocht, ein paar Jahre lang eingelegt in Zuckerwasser, und dann auf die Pizza. So isst man Ananas!«

Die körperlich anwesende Zerstreuungsgemeinde ist größer als üblich. Der Präsident Resteuropas und die Frauen von Cayennes alter Band. Ein paar alte Damen, vermutlich Nachbarinnen der Kanzlerin.

Neben der Urne ist ein Chor von Vorweinern aufgereiht, mehrere Reihen, lauter Staatsbeamte im Offiziersrang. Die Creme der resteuropäischen Vorweiner, erläutert der Moderator, sämtlich aufgewachsen in Kamerun und Nigeria, direkt am Golf von Guinea.

Das Mittelbild ist eingerahmt von unzähligen, nur wenige Pixel großen Bildern. Der Zerstreuungsfeierzähler zeigt über drei Milliarden Zuschauer, genau: 3 023 101 998.

Pete und ich lesen uns die Namen vor, die Namen von Parlamentsabgeordneten und ausländischen Staatsoberhäuptern. Manche Fenster bleiben dunkel. Ich kann nicht glauben, dass der König von Schweden in diesem Moment seine Einkäufe erledigt!

Da ist der Präsident von Restamerika, dort der Präsident von Restrussland, in der Ecke Papst Jesus I., Beiname: der Dreiste.

Das Ende der Konzentration ist das Ende der Trauer, denk ich.

Wir können uns nicht mehr konzentrieren. Wir können nicht mehr trauern, denk ich.

Ablenkung auf Ablenkung, Zerstreuung auf Zerstreuung vertreiben, überdecken, übermalen, übertönen alle Gedanken, die weiter reichen als von einer Reaktion zur nächsten.

Die allerbeste Ablenkung ist eine wirklich große, erhebende Zerstreuungsfeier wie die hier. Heute ersetzt Erhabenheit jedes andere Gefühl.

Es ist seit Langem die erste öffentliche Zerstreuungsfeier, die ich seh. Der Link ist sogar in den Nachrichten erwähnt worden. Ich hab den Frauenschrei noch im Ohr.

Öffentliche Zerstreuungsfeiern sind selten geworden. Die alten Friedhöfe sind geschleift. Jeder Friedhof war eine Erinnerung an die Toten. Jeder Friedhof war ein Appell, die eigene Sterblichkeit nicht zu vergessen. Das hat zu viele Menschen gekränkt, manche sogar traumatisiert.

In Nordresteuropa hat der Betonboden eh jedes traditionelle Begräbnis unmöglich gemacht.

Die Asche wird jetzt auf temporären Zerstreuungsplätzen zerstreut, in Ostresteuropa auf Friedsteppen, in Westresteuropa auf Friedwässern und -pfützen.

Namenstafeln oder andere Markierungen sind aus Rücksicht auf die Lebenden verpönt, in vielen Gemeinden sind sie auch schon verboten.

Die Zerstreuungsfeier der Kanzlerin findet direkt neben dem Bundestag statt. So soll es bei den Kanzlerinnen und Kanzlern vor ihr auch gewesen sein. Ein ausgedehnter Trockenrasen mitten in der Hauptstadt. Inseln mit riesengroßen Schwiegermuttersesseln und einzelnen Agaven.

Pizzapete sagt: »Dass man die mal zerstreuen würde …«

B. wie Berta sagt: »Krass, oder? Ich hab sie immer für unzerstreubar gehalten.«

Der Zerstreuungsfeierredner beginnt seine Rede. Schon früh nennt er den Namen der Kanzlerin. Er macht es sich einfach.

Eine einzelne Altstimme schluchzt, dann fallen die andern ein. Werden wieder leiser.

Der Zerstreuungsfeierredner deklamiert ein paar Sätze, dann fällt wieder der Name der Kanzlerin.

Die Bässe brummen.

Die Altstimmen.

Wieder die Bässe.

Dann schluchzen Alt und Bässe gemeinsam.

Nahaufnahmen zeigen die Gesichter der Nachbarinnen der Kanzlerin, die alten Damen weinen, ein Schwenk auf das Gesicht des Bundespräsidenten.

Der Präsident weint hemmungslos, jedes Schluchzen der Vorweiner zieht seine Schultern wie an Fäden kurz nach oben.

Ein Weinkrampf.

Schultern steigen, Schultern fallen.

Ohne Zweifel, hier sind wirklich die Besten der Vorweiner am Werk.

Die Bilder am Monitorrand werden eines nach dem andern schwarz.

B. wie Berta legt den Karton zur Seite. Dabei berühr ich Petes nackte Wade, fast aus Versehen.

Ich sag: »Oh, Entschuldigung!«

Pete sagt: »Das macht nichts.«

Er grinst.

Die Kanzlerin ist gestorben, und wir sind ein Paar.

Auf dem Grasland neben der Zerstreuungsfeiergesell-schaft erscheint der Name des Zerstreuungsfeiersenders, perspektivisch angepasst, als ob er gerade dort hingemalt worden wäre.

Der Zerstreuungsfeierredner schüttet die Asche aus, sie glitzert metallic, rechneranimiert, in allen Farben, Lila, Grün, Silber, sie weht durch die Luft, verteilt sich auf der Erde, und ein greller Schriftzug ersetzt das Logo des Senders. Werbung für Einhornstaub, ein Brausepulver, das mit Sprudelwasser oder Alkohol aufgegossen wird.

B. wie Berta legt ihre Hand auf Pizzapetes Wade.

Dann sag ich: »Ich habe schon wieder einen Brief vom Amt bekommen.«

Da ich auf den letzten Brief nicht geantwortet hätte, schreibt das Amt, stünde nunmehr meine Existenz als sol-che in Zweifel. Ich solle sie binnen zwei Wochen belegen.

Ich frag Pete: »Wie soll ich denn meine Existenz bele-gen? Soll ich hingehn und mich vorzeigen? Der nächste freie Termin ist in einhundertzwanzig Jahren! Bis dahin bin ich zwanzigmal zerstreut!«

Noch während ich rede, macht Pete ein Foto vom leeren Pizzakarton.

Er schreibt:

»Sehr geehrtes Amt, anbei Bild 1 und Bild 2, ein voller Karton und ein leerer Karton.

Pizza da, Pizza weg.

Pizza draußen, Pizza drinnen (in mir).

Ergo: Es gibt mich.

Hochachtungsvoll …«

Pizzapete sagt: »Unterschreiben musst du selber.«

Ich tippe: »B. wie Berta.«

Ich frag Pete: »Oder soll ich es lieber per Brief schicken?«

Pete lacht laut: »Briefe schreibt man doch nicht! Briefe kriegt man!«

Er sagt: »Hilft ja nichts. Ich muss los«, und steigt die Stufen hoch.

Der Hund hebt den Kopf und sieht ihm nach.

Draußen regnet es.

Pete geht hinaus in das Wasser.

Pete: meine Nixe.

Mein Nix.

Der Fluch von Berlin! Kakteen tragen Karikaturen von Kanzlern!

Berlin (ASN) – Ein tragisches Ende nahmen mehrere Kolonien von Ohrenkakteen, die neben dem Bundestag wuchsen.

Auf den größten Kaktusgliedern waren eines Morgens die Karikaturen von früheren resteuropäischen Regierungschefs zu erkennen!

Der Verdacht: Genetisches Material zerstreuter Kanzler:innen ist in die Pflanzen geraten!

Der Landwirtschaftsminister hat die sofortige Abholzung aller Kakteen angeordnet.

Besonders gruselig: Einzelne Kakteen schreien bei der Fällung. Wir wollen unseren Hörer:innen diese Schreie nicht vorenthalten.

KAPITEL 7,

**worin Anna mit den Freundinnen eine Bootspartie
unternimmt. Muntere Konversation, sogar von
Eisschollen ist die Rede.**

(Grausamkeit, Alte Musik)

⋆ ⋆ ⋆

Anna sagte: »Fünf.«
*Der Betäuber murmelte: »Macht es Ihnen etwas aus, wenn
Sie jetzt sterben?«*

⋆ ⋆ ⋆

Anna, die ihr Anwesen seit vielen Jahren kaum noch zu
verlassen pflegte, hatte sich, bald nachdem der Vorweiner
eingezogen war, von den Freundinnen davon überzeugen
lassen, dass es für ihre, Annas, seelische Gesundheit, vor
allem aber für die Stärkung ihrer Vorweinerbindung von
Vorteil sei, ihn mit der Stadt und dem Umland auf kleinen
Ausflügen vertraut zu machen.

So füllte Frau Sonnberger mehrmals in der Woche bereits
am frühen Morgen einen geflochtenen Weidenkorb mit
gekühlter Limonade und einem am Vorabend gebackenen

Kuchen, und Anna und ihr Vorweiner begaben sich auf den Weg.

Anna wanderte mit ihrem Vorweiner quer durch die Stadt im Bett der Spree bis zur Havel hinunter.

Sie besuchte mit ihm ein Theaterstück, das in den Kulissen der Klosterruine Chorin aufgeführt wurde.

Sie reisten zwei Tage lang in die Sächsische Schweiz, blickten von der Bastei hinunter ins Tal und wanderten durch den sagenumwobenen Höllenschlund.

Anna zeigte ihm auch das Hebewerk Niederfinow, eine ganz erstaunliche Erinnerung an die große resteuropäische Ingenieurskunst. Sie erläuterte ihm die Funktionsweise des riesigen Schiffsfahrstuhls, und sie erklärte, dass dieser Ort, mit seiner menschengemachten Verbindung der Elemente – des Wassers, in welchem die Schiffe schwammen, der Luft, in welche sie gleichsam emporgehoben wurden, und schließlich der Erde in Gestalt der brandenburgischen Steppe, in welche alles harmonisch eingebettet war – der vollkommenste Ort überhaupt sei.

Wenn sie am Sonntag zu Hause waren, bereitete Frau Sonnberger eine große Schüssel Stamppot.

Die konstante Übung und der ihr eigene Ehrgeiz in allen Küchendingen hatten Frau Sonnberger zügig in die Lage versetzt, ihr Stamppot-Rezept in einer Weise immer weiter zu verfeinern, die sie selbst noch vor wenigen Monaten für völlig unmöglich gehalten hätte.

Sie experimentierte mit feinen Strähnchen von Tiroler Speck, mit frittierten Glasaalen, mit kaltgepresstem Lein- und Rapsöl, mit Salbei, Estragon, sogar mit Waldmeister und Lavendel, mit Grünkohlblättern verschiedener Größe und Reife und mit einer Vielzahl weiterer Zutaten, die außer ihr niemand auch nur benennen konnte, und Annas Vorweiner schien sehr glücklich.

Anna hingegen konnte es kaum erwarten, endlich ihre eigenen Kartoffeln zu ernten und die edlen Knollen von Frau Sonnberger zu einem Stamppot verarbeiten zu lassen, der allen bisher da gewesenen geschmacklichen Glanz in den, nun ja, Schatten stellen würde.

Doch zurück zu den Ausflügen, die A. wie Anna mit ihrem Vorweiner zu unternehmen sich zur Angewohnheit gemacht hatte.

An einem schönen knallblauen Mittag traf sich Anna mit ihren Freundinnen samt zugehörigen Vorweinern am Ufer des Schlachtensees, eines der geschrumpften Seen im einst so waldreichen Südosten der Stadt.

Die Damen mieteten einen geräumigen Kahn, und einer der Vorweiner erbot sich zu staken. Er stocherte den Kahn auf den See hinaus und schob ihn, da das Boot geringfügig überladen war, nach wenigen Stößen auf Grund. Die Damen blieben von diesem Missgeschick unberührt, ja sie schienen es nicht einmal zu bemerken und führten die soeben erst begonnenen Unterhaltungen unter ihren beruhigend pastellfarbenen Sonnenschirmen unbeeindruckt und angeregt weiter.

In einem Pavillon am einstigen Ufer hatte sich ein kleines Ensemble von Musikantinnen aufgebaut, entlang der alten Wasserlinie hatte man altmodische Trichterlautsprecher an die Stämme der verbliebenen Kiefern montiert, aus ihnen erschollen liebliche Tänze des Barock.

Menuette und Passacagli tändelten durch den muffigen Dunst über dem glatten See.

Anna hörte deutlich das Zupfklavier heraus, Oboen, Flöten, gelegentlich sogar eine Sackpfeife. Sie schloss die Augen und lauschte, immer wieder ihren eigenen Gedanken nachgehend, den Gesprächen um sich herum.

Cäcilia erzählte, Anna konnte nicht heraushören, wem, entweder ihrem eigenen, Cäcilias, Vorweiner oder ihrer Freundin Dora oder aber Doras Vorweiner, dass einer ihrer Großväter aus Syrien geflohen sei oder einer ihrer Urgroßväter oder aus Bangladesch. Einer seiner Nachkommen habe dann in eine alte Berliner Familie eingeheiratet. Cäcilia sei diese gewisse Prosperität, über die sie heute verfüge, also keineswegs in den Schoß gelegt worden, sie habe alles durchaus aus eigener Kraft geschafft, sie selbst oder wenigstens einer ihrer Vorfahren.

Edelgard versuchte, im Gespräch mit Friederike einmal mehr der Frage auf den Grund zu gehen, woher wohl die Überlegenheit der Vorweiner vom Golf von Guinea rührte. Edelgards Theorie, an der sie nun schon einige Monate feilte, war noch immer nicht so recht über die Hypothese hinausgekommen, dass dabei ein Sachverhalt von Bedeutung sein musste, der so offen dalag, dass man ihn übersah. Die Überlegenheit der Vorweiner aus dem westafrikanischen Winkel habe nämlich mit nahezu an Sicherheit grenzender Wahrscheinlichkeit mit ihrer, der Vorweiner, Gewissheit zu schaffen, dass gleich da draußen auf dem Meer Äquator und Nullmeridian sich kreuzten.

Null Grad Breite, null Grad Länge, Anfang und Anfang,

dies müsse geradezu zwangsläufig eine starke, wenn auch, zugegeben, schwer exakt zu quantifizierende Wirkung auf jedes Gemüt ausüben, das im Angesicht und im Bewusstsein dieser geografischen Einzigartigkeit aufwachse, erklärte Edelgard.

Edelgard erntete ein Schweigen, dem Anna, die sich immer noch, die Augen geschlossen, an ihr Rückenbrett lehnte, nicht abzulauschen vermochte, ob es ein nachdenkliches oder doch eher ein höflich betretenes Schweigen war.

Alpha und Omega, aber eben ohne Omega, schob Edelgard nach, also der reine, der ausschließliche Beginn.

Wieder Cäcilia: Ihr Urgroßvater oder ihr Großvater, so erzähle man sich in Cäcilias Familie, so erzählte Cäcilia, sei ein passionierter Eisschwimmer gewesen. Als der Schlachtensee nach wenigen, völlig überraschend klirrend kalten Winternächten doch noch einmal ein wenig zugefroren sei, nicht vollständig, natürlich nicht, doch immerhin einige Schritte vom Ufer zur Seemitte hin, habe der Urgroßvater oder Großvater sich in der Morgendämmerung ins Wasser gleiten lassen und sei ein letztes Mal geschwommen. Er habe sich auf den Rücken gedreht, um so, wie er es gewohnt war und es liebte, das Gesicht nach oben, zum heller werdenden Himmel, mit kraftvollem Beinschlag und mit angelegten Armen, rückwärts durchs Wasser zu pflügen.

Die Eisscholle, die sich, da es bereits wieder wärmer wurde, vom Rand gelöst hatte, habe er vermutlich gar nicht bemerkt. Die Kante der Scholle sei so scharf gewesen, dass sie, möglicherweise auch aufgrund der hohen Geschwindigkeit des Urgroßvaters oder Großvaters, seine

Halswirbel wie ein Stück weiche Butter durchtrennt habe und am Kehlkopf wieder ausgetreten sei.

»Als Tönnchen, tatsächlich. Was sagt man dazu?« Anna hatte die Augen noch immer geschlossen. Sie erkannte Gabrieles Stimme. Gabriele gab wieder einmal die verstörende Geschichte von Henriette zum Besten, einer gemeinsamen Freundin, die sich, da sie partout keinen geeigneten Vorweiner hatte finden können, ins Tönnchenstadium hatte versetzen lassen. Die Kinder hätten das Haus nun vermietet, und Henriette liege weiterhin als Tönnchen in einem alten, solide verschlossenen Schrankkoffer auf dem Dachboden und warte auf bessere Zeiten – sofern ein zumindest subjektiv absolut ereignisloses Dasein als Tönnchen die Verwendung einer Vokabel wie »warten«, die ja ein erlebnisfähiges Subjekt voraussetze, überhaupt erlaube.

Gabriele fragte mit zitternder Stimme, ob man in diesem Fall denn wirklich noch von einer Win-win-Situation sprechen könne. Eine Stimme entgegnete, Anna erkannte Ilse, dass man sich irgendwann auch einmal entscheiden müsse. Jeder Vorweiner habe seine Vor- und Nachteile, und es komme eben darauf an, nicht ständig nur die Nachteile sehen zu wollen. Wer ständig nur die Nachteile sehe, lande über kurz oder lang eben im Tönnchenstadium, das zeige Henriettes Fall ja in aller drastischen Deutlichkeit.

[Das Gottesauge, Bild im Bild, es zeigt: Dachbalken, zwischen denen sich Spinnweben spannen. In der Mitte eines Netzes sitzt eine magere Spinne mit einem mageren Kreuz auf dem Rücken.

In der Dachschräge ein Überseekoffer. Auf dem Kofferdeckel etwas Staub. Viele bunte Aufkleber: Rom (Kolosseum), Paris (Eiffelturm), London (Unicornbuilding). Ein Adresszettel mit gestrichelten Linien, auf denen steht, in runder Kugelschreiber-schönschrift:
Henriette.
Berlin.
Resteuropa.
Hinter »Henriette« steht in krakeligen Buchstaben, ge-malt vielleicht von einem Enkelkind, das trotz Verbots auf den Dachboden geklettert war: »Bimmelbahn«.
Der Staub wird dichter, die Staubschicht wird höher, Aufkleber und Adresszettel verschwinden unter dem lockeren Pelz.
Das Gottesauge zoomt heran, dringt durch den Staub, durch das Holz des Deckels, zeigt das Innere des Koffers, nur in Konturen zu erkennen: eine ausgetrock-nete, eingerollte runde Dame.]

Wieder Cäcilia. Die Urgroßmutter oder Großmutter, die, als der Urgroßvater oder Großvater nicht zum Frühstück erschienen war, zum See gegangen sei, um nach ihm zu sehen, habe am Ufer gestanden, ihn beobachtet, dann beim Namen gerufen und nach kurzer Zeit, eher ratlos als ent-setzt, bemerkt, dass, was sie zunächst für ihren im Wasser schwimmenden vollständigen Mann gehalten hatte, ledig-lich sein Kopf gewesen sei, seine Kopfkugel, die auf einer Eisscholle thronte und allmählich, sich mit der Scholle langsam um die eigene Achse drehend, ans Ufer trieb.

Annas Vorweiner warf ein, sein Ururgroßvater habe bei der letzten Elfstedentocht, die jemals stattgefunden habe, immerhin den vierten Platz belegt.

Jacqueline fragte, was denn die Elfstedentocht sei. Nun wäre es eigentlich an Anna gewesen, die Kulturvermittlerin zu geben und ihrer Freundin diese ausgestorbene Tradition der niederländischen Nachbarn zu erläutern, doch sie hielt lieber die Augen weiter geschlossen und tat, als hätte sie nichts gehört.

»Ein Wettrennen«, murmelte der Vorweiner. »Auf Schlittschuhen.«

Anna vernahm die Stimme Katharinas: »Ich will doch nicht mit ihm ins Bett! Er soll einfach ordentlich flennen, wenn ich tot bin!«

Darauf Louise, mit Nachdruck: »Das eine kann beim anderen helfen, glaub mir!«

Anna dachte an Martha, die eine Liaison mit ihrem Vorweiner begonnen hatte, die sie kaum geheim zu halten versuchte. Als Martha verschied, wurde der Schaden offenbar. Die allgemein bekannte Intimität der beiden profanisierte die Zerstreuungsfeier in solch desaströser Weise, dass der Vorweiner sich beim Vorweinen noch so sehr ins Zeug legen konnte. Jede Zuschauerin hatte toujours, während der ganzen langen Zerstreuungsfeier, vor Augen, was passiert war, wodurch die Wirkung der durchaus vorhandenen Kunstfertigkeit des Vorweiners doch eklatant geschmälert worden war.

Cäcilia führte jetzt aus, welche Probleme es ihr seit jeher bereite, einen Cocktail mit Eiswürfeln auch nur in der Hand zu halten, geschweige denn, daran zu nippen.

Ilse sagte, sie, Cäcilia, sei durch die gewaltvolle Familiengeschichte zweifellos traumatisiert. Sie solle es doch einmal mit runden Eiswürfeln versuchen, da sei die Gefahr, dass das Eis ihr die Zunge abtrenne, ja eher gering.

Anna blinzelte kurz. Der Himmel zwischen den Sonnenschirmen war immer noch knallblau und schön und wolkenlos, und er würde es voraussichtlich ewig bleiben. Anna erkannte Frau von der Schwellenborgs Stimme. Frau von der Schwellenborg führte aus, dass ihr Vorweiner sie ja nun seit etlichen Jahren begleite, seit sie so krank gewesen sei als Kind. Sie sei nicht gestorben damals, zum Glück, offensichtlich, doch der Vorweiner sei natürlich geblieben. Sei geblieben, habe die Bindung gestärkt und habe gewartet. Und warte immer noch, der Arme, lachte Frau von der Schwellenborg.

Sie senkte ihre Stimme, als ob sie vermeiden wollte, dass die anscheinend dösende Anna zu hören bekäme, was sie, Frau von der Schwellenborg, jetzt sagen würde. Andere, weniger begüterte Menschen, formulierte Frau von der Schwellenborg leise, bekämen ihren Vorweiner ja erst viel später. Und noch etwas leiser fügte sie hinzu: Oder besorgten ihn sogar selbst, mit fünfzig, sechzig Jahren!

Ein Vorweiner fragte seine Kollegen: »Kennt ihr die Geschichte? Ein Polizist bringt Leute von Resteuropa nach Taiwan, gefesselt und geknebelt.«

Die Vorweiner riefen im Chor: »Gag!«

Alle lachten aus vollem Hals.

Anna dachte: lose Reden.

Die Vorweiner begannen leise zu summen. Brüder, zur Sonne, zur Freiheit.

Vom Ufer her schallte immer noch die Musik der alten Instrumente.

Die Barocktanztöne drangen in den Blues wie Regenwasser in Felsspalten. Sie gefroren und sprengten die Melancholie.

Ein elektronischer Akkord würgte Blues und Barock ab, zwei weitere Akkorde folgten. Das war das verstörende Erkennungsklimpern zum Auftakt der Nachrichten, ein Melodieschnipsel, der Anna jedes Mal zugleich einlullte und aufputschte. Das bekannte, immer gleiche Klimpern sedierte den Körper: Uns kann nichts passieren! Uns ist noch nie etwas passiert!

Zugleich war das Klimpern so komponiert, dass es jede Person alarmierte: Wir werden alle sterben! Wir werden schon wieder sterben!

Wir unterbrechen unser Programm für eine Nachricht!

Anna und die Freundinnen hielten augenblicklich still, als säßen sie Portrait. Die Vorweiner tuschelten.

Vom Ufer drang die Stimme der Nachrichtensprecherin herüber.

Wegen einer Demonstration kommt es im ganzen Stadtgebiet zu Verkehrsbehinderungen. Die Leitstelle der Polizei bittet darum, das ganze Stadtgebiet weiträumig zu umfahren.

Nora rief: »Niederschicht! Ich habe es so satt!«

Mehrere Teilnehmer:innen sind bereits von Oberleitungs-
bussen überfahren worden. Wir wollen unseren Hörer:innen
die Schreie der Passant:innen nicht vorenthalten.

Schrecklich, dachte Anna, dann drang schon ein neues Me-
nuett über den See.

Nora räusperte sich. »Protestieren, weil sie kein Geld
haben! Die haben überhaupt kein Recht zu protestieren!
Gerade weil sie kein Geld haben!«

Olga pflichtete ihr bei: »Die sind zu dumm, das zu erkennen.«

Anna gefiel der allzu gehässige Tonfall nicht, in dem ihre
Freundinnen sich über die Niederschicht äußerten. Alles
in allem war die Domestizierung der Niederschicht doch
ganz gut gelungen, dachte Anna, auch wenn es jetzt hin
und wieder Demonstrationen gab, deren Ziel schwer aus-
zumachen war. Manifestationen eines gewissen Verdrus-
ses, einer vermutlich externalisierten Unzufriedenheit mit
dem eigenen Selbst und der eigenen Antriebslosigkeit.

Die Niederschicht war dauerhaft gezähmt, zum Glück.
Sie durfte gleichsam die Reste dessen essen, was die Menschen erjagt hatten, und deshalb lebte sie friedlich bei den
Menschen, ganz zutraulich und satt und fraß sie nicht auf.
Domestiziert wie vor Tausenden von Jahren die Hunde.
Die Niederschicht blieb bei den Menschen und wärmte
sie, wenn es in den Winternächten einmal etwas kühler
wurde. Ihre Körpertemperatur lag ja zwei bis drei Grad
höher, und bei diesem Gedanken wurde Anna ganz behag-
lich zumute.

Anna bemerkte, dass die Vorweiner begonnen hatten, sich über die soeben gehörte Nachricht zu unterhalten. Einer postulierte auf Englisch: »Die Vorweinerneider können es nicht«, ein anderer sagte auf Französisch, etwas verhalten, fast ängstlich: »Die wollen diese Arbeit doch gar nicht machen.«

Ein dritter sprach Fulbe. Sätze, die in ihrer Fremdheit als reiner Klang in Annas Ohren drangen, unterbrochen nur von einem mehrfach wie gebellten »Niederschicht« und einem, als wäre es ein völlig gewöhnliches Fulbe-Wort, ganz harmonisch im Fluss der Laute mitschwimmenden »Aufenthaltserlaubnis«.

Die Stimmung auf dem See war verändert. Annas Vorweiner blickte fragend zu Anna herüber. Anna nickte kaum wahrnehmbar.

Der Vorweiner sprang, eine Hand am Brett, über die Seitenplanke ins Wasser. Er schob den Kahn von der Sandbank und schob ihn weiter hinaus. Er konnte bis zur Mitte des Sees gehen. Erst dort, wo der See am tiefsten war, musste er sich auf die Zehenspitzen stellen. Das Wasser reichte ihm bis zum Schlüsselbein.

* * *

Der Betäuber fragte: »Macht's Ihnen was aus, wenn Sie jetzt sterben?«
Anna überlegte. Was hatte er gefragt? »Wenn Sie jetzt sterben? Dass Sie jetzt sterben?«

* * *

KAPITEL 8,
**worin der Betäuber dann endlich doch noch
Feierabend hat. Er bereitet das Frühstück und tobt.**

(Schimpfwörter, H-Milch)

»Weil ich den ganzen Weg zu Fuß gegangen bin! Erst
kommt der Scheißbus nicht, und dann steht er im Stau!
Mitten in der Demo! Erst heißt es, dauert zehn Minuten.
Dann heißt es, dauert doch noch länger, aussteigen.

Diese Armleuchter! Jetzt demonstrieren sie schon früh
um sechs! Die haben sie doch nicht mehr alle! Mein Telefon ist voll mit diesen beschissenen Handzetteln! *Komm mit
dir ins Reine, wenn ich dich beweine!* Alle plemplem!«

Der Betäuber goss seinem Freund Kaffee ein, er selbst be-
ließ es bei Melissentee. Wie sollte er nach all dem Ärger der
letzten Stunden überhaupt einschlafen? Sein Zorn nahm
kein Ende.

»Du denkst, bei der Arbeit geht es verrückt zu, und dann
kriechst du aus der Doppelschicht und merkst, da draußen
sind sie ja noch viel verrückter!

Die Frau heute Nacht, weißt du, was die gemacht hat?
Die hat sich dauernd die Maske abgenommen! Am Ende
hat sie noch den Zugang rausgerissen! Da kannst du

nichts machen! Nichts! Wenn sie nicht will, dann will sie nicht!«

Der Betäuber biss in sein Franzbrötchen. Er kaute konzentriert und fest und lange. Die Kauflächen übertrugen die Kraft des Zorns auf die Backwerkbissen und transformierten, vereint mit dem Speichel, die Bissen zu Brei.

Allmählich schwand die Erregung des Betäubers.

»Die wollte lieber schnacken, als operiert zu werden!«

Der Freund des Betäubers setzte die Tasse ab, schluckte und sagte ruhig: »Lieber erzählen, als weiterzuleben.«

Der Betäuber schüttelte den Kopf, und mit der Bewegung kehrte die Erregung wieder, als ob die Zunge mit einer Schwungfeder aufgezogen worden wäre: »Du nun wieder. Lieber labern, als zu leben. Kriegt einfach die Klappe nicht zu. Labert und labert und labert! Kariertes Gequatsche! Hanebüchen!

Berlinerin!

Denen da drüben im Osten ist doch die Rübe vertrocknet. Wenn ihnen endlich mal die Zunge vertrocknen würde!

Wie lang soll ich denn da rumstehn in der Vorbereitung? Nee, irgendwann ist Schluss. Muss eben die Chefin ran. Irgendwann ist Schluss. Doppelschicht! Soll ich eine dritte Schicht dranhängen? Nee, irgendwann ist Schluss.

Das wird kein Spaß für die Dame, so lädiert, wie die ist. Mit der Karre gegen die Ampel. Bäng. Da gibt's ordentlich was zu schnippeln. Das wird kein Spaß für die Dame, und für die Chefin wird das auch kein Spaß. Würde mich ja interessieren, wie sie das macht. Ob sie die einfach festschnallt? Irgendwie muss sie die ja fixieren. Fesseln und knebeln! Und knebeln!

KAPITEL 9,

worin Pizzapete eine Formulierung Bertas anzweifelt und damit fast einen Streit vom Zaun bricht. Berta allerdings entschärft elegant die Situation.

(Schiefe Bilder)

Pizzapete sieht B. wie Berta über die Schulter. Mal lacht er, mal schnaubt er, sodass ich im Genick den Luftzug spüre.

Pizzapete knurrt: »Die Barocktanztöne drangen in den Blues wie Regenwasser in Felsspalten. Im Ernst?«

Ich denke nach. Seine Klugscheißerei geht mir auf den Keks.

Pizzapete noch einmal, betont leise, betont langsam, betont deutlich: »Im Ernst?«

»Moooment!«, schrei ich. »Moment!«

Dann sag ich: »Andersrum passt es auch: Der Blues drang in die Barocktanztöne wie Regenwasser in Felsspalten. Gefror und sprengte die Menuette. Vielleicht änder ich es noch.«

KAPITEL 10,

worin Anna sehr, sehr kleine Kartoffeln ausgräbt. In einer ganz anderen Sache jedoch macht Bartel ihr tatsächlich ein wenig Hoffnung.

(Schmutzige Fingernägel, Grillgut)

Ein lockeres Geflecht aus braunen Strünken bedeckte das kleine Feld. Die Sonne hatte allen Saft aus den Pflanzen gezogen, das Kraut war vertrocknet und zusammengeschnurrt.

Der Sand unter dem Krautteppich war etwas kühler und, so schien es A. wie Anna, nicht ganz so trocken wie der Sand am Rand.

Die Dämme, die sie vor ein paar Monaten gezogen hatten, waren nur noch leichte Wellen im Feld. Anna musste genau hinsehen, um sie entlang der Stellen, an denen die Strünke aus dem Sand gewachsen waren, überhaupt noch erkennen zu können.

»Zuerst das Kraut«, sagte Anna zu ihrem Vorweiner.

Bartel stand drüben am Lagerfeuer und sah ungeniert herüber.

Der Vorweiner zog an einer trockenen Pflanze wie an der Leine eines störrischen, aber letztlich viel zu schwachen Hundewelpen. Der Strunk löste sich ohne Widerstand aus dem Sand. An seinem Ende hingen Ketten von kleinen Kartoffeln.

Anna fragte: »Wer sind denn Sie nun schon wieder?«
Die Chirurgin blieb höflich: »Sie haben es vielleicht bemerkt,
der Anästhesist ist nach Hause gegangen. Ich bin die Chir-
urgin. Wir verzichten auf eine Betäubung.«
Anna sagte verwundert: »Ich kann die Arme nicht mehr
bewegen. Haben Sie mich gefesselt? Was ist das hier über-
haupt?«
Die Chirurgin antwortete freundlich: »Aber nein. Wir
haben Sie nur ein wenig fixiert.«
Anna zählte schnell bis sechs.

★ ★ ★

Reihe um Reihe rupften sie das Kraut aus der Erde. Die
Kartoffeln waren wirklich winzig, Anna und der Vorweiner zupften sie vorsichtig von den Strünken und häufelten
sie aufeinander.

Der Vorweiner warf eine Handvoll Kartoffeln an den
Rand des Feldes. Anna dröhnte mit überraschend tiefer
Stimme: »Nicht werfen! Er soll sie nicht werfen! Die Scha-
len sind so dünn! Die verfaulen uns doch sofort!«

Der Krautberg neben dem Feld wuchs und wuchs, doch
das Häufchen mit den Kartoffeln wurde kaum größer.

A. wie Anna sagte: »Und jetzt die Reste. Da ist noch einiges in der Erde, das kann Er mir glauben.«

Anna bohrte ihre Finger in den Sand. Das fühlte sich gut
an, beinahe wie richtige Arbeit. Die Fingerspitzen stießen
auf die harten Kügelchen, behutsam fasste sie ein paar,

zwei oder drei, und zog mit ihnen eine ganze Kette heraus.

Anna rollte die Kartoffeln wie Murmeln in der hohlen Hand hin und her.

Am Ende legte sie die Winzlinge wie rohe Eier in einen flachen Korb. Wachteleier.

Plötzlich stand Bartel neben Anna. Sie hatte nicht bemerkt, wie er herübergeschlichen war.

Bartel grummelte etwas, das wie eine Beschwerde klang. Ein stechender Geruch ging von ihm aus, verbrannter Kunststoff, wahrscheinlich Styropor, vermischt mit Holzrauch und Ruß.

Bartel wollte das Kartoffelkraut holen, vermutete Anna, um es zu verbrennen.

Er fragte: »Melody?«

Anna antwortete: »Afra.«

Bartel nickte: »Afra, klar. Für Melody ist es zu spät. Früher waren die dreimal so groß.«

Bartel hörte abrupt auf zu sprechen. Anna wusste, dass er etwas zurückhielt, doch sie ließ sich die Ungeduld nicht anmerken. Er fixierte noch die winzigen Kügelchen.

Anna räusperte sich.

Bartel sagte, wie aus einem Tagtraum gerissen: »Ich pflanz jetzt Kichererbsen. Macht in der Größe keinen Unterschied.«

Er sah zu Anna, und als sie seinen Blick erwiderte, nickte er zum Krauthaufen hinüber.

Anna bat ihren Vorweiner: »Kann Er ihm bitte helfen?«

Der Vorweiner schichtete das Kartoffelkraut auf Bartels

Arme, die Bartel wie die Gabel eines Staplers von sich gestreckt hatte.

Bartel ging kurz rückwärts, Anna ergänzte in Gedanken ein warnendes Piepen, dann drehte er sich und rief im Gehen: »Wenn ihr hier fertig seid, kommt doch mal rüber!«

A. wie Anna meinte aus dem, was Bartel sagte, die Ankündigung einer bedeutsamen Mitteilung herauszuhören, doch sie untersagte sich jede Hoffnung.

Als sie später zu Bartel hinübergingen, saß der auf dem Sattel eines aufgebockten umgebauten Fahrrads. Das kleine Zahnrad vorn, das große hinten. Bartel, Kippe zwischen den Lippen, trat in die Pedale und drehte so die Eisenstange, die aus der Hinterradnabe ragte.

Über dem Feuer aus Müll und Kartoffelkraut rotierte langsam der Rumpf eines gerupften Nandus. Der lange Hals war abgetrennt und stramm auf den Spieß gewickelt.

Bartels Niederschicht, die Verwandtschaft und die Kumpels, glotzten auf Bildschirme, die ein Fußballspiel zeigten. Eine Mannschaft trug orangefarbene Trikots und weiße Hosen, die andere trug weiße Trikots und schwarze Knickerbocker. Das Spielfeld befand sich auf einem großen Floß, in einiger Entfernung war das Meer zu sehen.

Annas Vorweiner fragte: »Wie steht's denn?«

Sir Gaga, der Mann mit dem Hurrikan auf dem Hinterkopf, gluckste: »Der Sprecher hat aufgehört zu zählen. Fünfzehn null? Zwanzig null?«

Der Vorweiner lächelte und sagte: »Könnte schlimmer sein.«

Sir Gaga nickte: »Freundschaftsspiel. Niederländer sind gute Freunde, schon immer gewesen.«

Eine Flanke in den niederländischen Strafraum, ein kleiner, dicker Resteuropäer, der mit dem Rücken zum Tor steht, nimmt den Ball an, dreht sich und schießt.

Sir Gaga sagte: »Sehr gute Freunde.«

Bartel linste während des Radelns ab und zu verstohlen zu Anna herüber. Anna spürte, dass er auf einen günstigen Moment wartete.

Ein paar bekannte Gesichter fehlten.

»Wo ist denn Kimo?«, fragte Anna in Frau Bartels Richtung.

Frau Bartel antwortete, etwas zu heftig: »In Behandlung, endlich! Der soll doch mehr kommunizieren, sonst kommt er nie auf einen grünen Zweig!«

[Das Gottesauge, Bild im Bild: Kimo sitzt an einem glänzenden Stahltisch. Er trägt einen Kopfverband, aus dem viele dünne Kabel wachsen, die zu einem Strang zusammengeführt sind. Der Strang mündet in einer Metallbox, die wie ein Venentropf an einem fahrbaren Ständer hängt.

Kimo blickt auf einen Bildschirm. Er rollt durch eine Galerie, er rollt durch kurze Texte, er mag, er lacht, ist wütend, übergibt sich.

Eine Liste mit bewegten Bildchen klappt auf, grafische Kommentare für jeden Anlass, Kimo fügt ein Kurzfilmchen vom Untergang Jütlands ein. Jemand mag den Kommentar sofort.]

Anna fragte: »Und der Dürre? Der Glatzkopf?«

Frau Bartel antwortete: »Das Ferkel. Der hat sich beworben. Wahrscheinlich liegt er jetzt in so einer Kapsel.«

Sie wolle sich das gar nicht vorstellen.

Frau Bartel sagte: »Kommen Sie mal.«

Sie führte Anna zu ihrem schwarzen Plastikzuber.

Die Nacktschnecken waren größer und fetter denn je. Aus dem Zuber heraus roch es sauer.

Frau Bartel kippte etwas Bier hinein.

»Das ist billiger als Wasser«, sagte sie.

Sie zerschnitt eine Schnecke und seufzte wohlig.

Vom Lagerfeuer drang Lachen herüber.

Sir Gaga rief: »Der Ball ist im Aus! Im Wasser!«

Anna blickte auf eines der Displays. Ein Balljunge sprang vom Floß und schwamm zum Ball, der wie festgeklebt auf der ruhigen See stand.

Bartel setzte sich neben Anna. Er reichte ihr ein Brettchen, darauf schmale Tranchen aus der Keule. Dazu ein Stück vom Hals, wie Currywurst in Stücke geschnitten, mundgerecht. Ketchup.

Bartel sprach zum Feuer: »Glauben Sie, dass die Niederschicht das kann?«

Anna spießte ein Stück Hals auf. Während sie die Gabel zum Mund führte, bemerkte sie, dass das Fleisch, selbst durch den fruchtigen Geruch des Ketchups hindurch, stechend nach verbranntem Plastik roch. Anna kaute. Sie stellte sich vor, das Fleisch schmecke nach Retsina.

Anna fragte: »Dass die Niederschicht *was* kann?«

Bartel: »Na, diese Heulerei.«

Anna wollte Bartel nicht brüskieren. Doch sie wollte ihn

auch nicht anlügen. Sie atmete tief durch, dann fragte sie: »Was glauben *Sie* denn, Herr Bartel?«

Bartel antwortete: »Ich hab mein Inneres erforscht. In mich hineingehört. Ich hab mich in mir innen drin umgesehen, verstehen Sie?«

Anna dachte: Nicht die Bohne.

Anna sagte: »Ja, natürlich.«

Bartel sprach weiter. »Alles sehr übersichtlich aufgeräumt da drin in mir. Jedenfalls, ich kann es nicht. Ich hab mich umgeguckt in mir, und wissen Sie, was ich gemerkt hab?«

Anna setzte zu einer Antwort an.

Bartel sagte weiter: »Andere Leute sind mir egal. Total egal. Und dann hab ich die Leute um mich rum angeguckt.«

Bartel wies in die Runde am Lagerfeuer.

Er fuhr fort. »Ich bin völliger Durchschnitt. Ich könnte es nicht, dieses Rumgeheule, und die anderen könnten es auch nicht.«

Bartel warf noch mehr Kartoffelkraut in die Flammen.

Dann sagte er: »Ich besorg mir auch einen. Einen Vorweiner. Ich kann mich doch nicht drauf verlassen, dass meine Frau anständig heult, wenn es mal so weit ist. Wenn ich 'ne Schnecke wär vielleicht, aber so?«

Er sei schon beim Willkommenslager Schwedt (Alte Raffinerie) gewesen.

»Vielleicht einen Schweden. Einen Westafrikaner krieg ich nicht, die sind viel zu teuer, das wär ja utopisch.«

Bartel schwieg wieder.

Er kaute nachdenklich auf seiner Spucke herum.

Schließlich sagte er: »Also, das mit der Schlachtung.«

[Das Gottesauge, Bild im Bild, es zeigt: ein Mann und eine Frau, Gesichter unkenntlich. Ein Kind mit einem Lolli im Mund.
Sie sitzen oben am Hang, zwischen Stümpfen von Säulen. Der Frauengesichtsfleck sagt: »Dorisch, ionisch, korinthisch.« Und: »Kanneluren.«
Der Frauengesichtsfleck blickt in die Ferne. »Attisches Licht! So schön! Unverwechselbar!«

Unten die Küste.
Ein Schlauchboot treibt an.
Der Mann hebt einen Säulenbrocken auf und wirft.
Er hält eine Flasche an seinen Gesichtsfleck. Er nimmt einen tiefen Schluck.

Aus dem Boot steigt ein Junge.
Der Mann am Hang wirft wieder einen großen Brocken. Er trifft.

[[Bild im Bild im Bild, Detail: Säulenbrocken an Schläfe.]]

Der Junge fällt ins Wasser, bleibt mit dem Gesicht nach unten liegen.
Der Mann, angetrunken: »Kalinichta, Kollege.«

Das Kind, es ist Berta, nimmt den Lolli aus dem Mund.
Es greift nach der Flasche, setzt sie an, schaut angewidert, zögert, zwingt sich zu schlucken.
Die beiden Gesichtsflecken wackeln vor Lachen.
Die Frau sagt: »Das ist Wein mit Harz. Ein guter Wein!«

Der Mann setzt die Flasche wieder an, leert sie mit zwei, drei Schlucken und wirft.]

Anna war überrascht von Bartels Gedankensprung. Nicht nur die Dialoge, auch die Monologe der Niederschicht klackerten hin und her wie ein Pingpongball. Hatte er von Schlachtung gesprochen? Annas Herz hüpfte dem Pingpongball hinterher.

Bartel sagte: »Ich hab da was gefunden. Könnte sein, dass sich was machen lässt.«

KAPITEL 11,

worin Berta wahrscheinlich reich wird – durch Arbeit! Beim Zappen durch Zerstreuungsfeiern erlebt sie eine faustdicke Überraschung.

(Spuren von protestantischer Ethik)

B. wie Berta denkt sich heute schon die fünfte Nachricht aus, das ist viel mehr, als ich sonst schaffe, plötzlich überschwemmt mich das Gefühl, richtig gut zu verdienen, vielleicht werd ich reich.

Kein tragisches Ende nahm.

Die macht nicht alles.

Wir wollen unseren Hörer:innen die Freudenschreie der jungen Frau nicht vorenthalten.

Vielleicht zieh ich in eine Erdgeschosswohnung.

Kurze Pause.

Ich hab die Verabredung zur Schlacht vergessen!

Ruebezahltag99 ist immer noch in meiner Allianz, aber er ist schon so oft gestorben, dass er sich jetzt *Ruebezahltag∞* nennt, also *Ruebezahltagunendlich*, kurz *Unni*. Er hasst die Rostigen Elektrozombies dermaßen, dass er dauernd die Deckung vergisst, und zack steckt wieder eine Lanze in ihm. Manchmal kann ich sie noch rausziehn, aber meistens ist er schon wieder hinüber.

Die Schlacht ist fast schon zu Ende, aber ein paar Minuten lang kann ich noch mitmischen. Unsere Allianz setzt zwei feindliche Lager in Brand, dann ziehn sich die Elektrozombies zurück. Eine Kompanie gesenkter Köpfe zeigt, wenn eine Armee geschlagen ist, das gefällt mir.

Ich zapp durch die Zerstreuungsfeiern. Die Zerstreuungsfeiergäste werden immer älter, so kommt es mir vor. Kann sein, dass es daran liegt, dass auch die, die zerstreut werden, immer älter werden.

Die sechste Nachricht.
Ganz Neuhamburg stöhnt: Regen immer wärmer!
… die Schreie der gedünsteten Frauen nicht vorenthalten.

Die siebte Nachricht.
Einmal Tönnchen, immer Tönnchen? Forscher:innen: Rückkehr selten möglich!
… die Schreie …

Sieben auf einen Streich, jetzt können die bösen Riesen kommen, sieben an einem Tag, das ist die Miete für zwei Tage. Genug für heute.

Vor dem Fenster, unter der Zimmerdecke, paradieren bunte Beine wie lange Scheren. Von draußen dringen wütende Rufe rein, Tumult. Vielleicht ist das der Beginn einer Revolution.

Die Stahltür oben an der Treppe ist dreißig Millimeter dick, ich hab drei fette Schließzapfen, oben, in der Mitte und unten, und auf der Innenseite zwei breite Riegel. Das wird reichen, egal, was da draußen passiert. Die

Niederschicht kann mich belagern, aber rein kommt sie nicht.

Wenn die, die zerstreut werden, immer älter werden, dann werd womöglich auch ich älter, als ich immer angenommen hab. Ich werd steinalt, die Arbeit wird mir schwerfallen, ich werd mich noch schlechter konzentrieren können, werd mich quälen, aber weil ich eh kaum noch schlaf, steh ich jeden Morgen früh um zwei, halb drei auf und ringe meinem schwammigen Hirn bis zum Abend eine oder zwei Nachrichten ab. Meine Bleibe: ein Mehrbettzimmer im Alten-Hostel, Gemeinschaftsdusche am Ende vom Flur. Wasser, Brot von gestern.

Ich schick die Nachrichten an die Verwertungsvermittlung.

[Das Gottesauge, Bild im Bild: Es wird vom Bildschirm
eingesaugt, irrt über die Platine, wird von der Festplatte
angezogen, wird über die Antenne wieder aus dem
Gehäuse gestoßen, trudelt zum Fenster hinaus,
das Gottesauge begleitet das Gewusel der Bits durch
den Regen,
durch die Wolken an die Sonne,
knallblauer Himmel,
ins Dunkel,
schleudert im Satelliten herum,
der Klang von rostigen Schrauben in einer Dose,
heraus aus dem Satelliten und wieder zurück,
ping,
pong,

endlich trudelt das Gottesauge wieder zur Erde zurück,
wasserblau,
der Umriss Eurasiens,
Resteuropa mit der Regengrenze mittendurch, durch
die Wolken …]

Im Zerstreuungsfeierfenster sitzt eine Gruppe von Zer-
streuungsfeiergästen in einer lang gezogenen Kuhle, einem
Betontrog. Eine trockengefallene Kanalrinne. Im Hintergrund ragt die absonderliche Konstruktion des Schiffshebe-
werks Niederfinow in den knallblauen Himmel.

Der Himmel in Ostresteuropa ist einfach immer knallblau,
jeden Tag von Sonnenaufgang bis Sonnenuntergang. Sogar
die Kondensstreifen von den paar Flugzeugen, diese weißen Fäden, die Resteuropa mit den andern übrig gebliebe-
nen Zivilisationen hätten sichtbar verbinden können, lösen
sich in Sekunden auf.

Im Frühling sieht es morgens aus, als wäre ein zartes Hell-
grün ins Knallblau gemischt,

im Sommer wird das Knallblau kräftig,

im Herbst wird es blass, wenn man lang genug nach oben
sieht,

und im Winter liegt der Himmel wie ein klarer, dünner Eis-
deckel auf der Erde, ein zerbrechliches Glas, das den Blick
freizugeben scheint auf ein Universum, in dem nichts existiert außer dieser Bläue, knallblaue Bläue, kein Hagel, kein

Schnee, kein Regen, nur reine knallblaue Bläue bis nach Beteigeuze oder wie das heißt.

Bei der Zerstreuungsfeier spricht kein Diakon, sondern ein weltlicher Thanatopraktiker. Die Wände des Oder-Havel-Kanals werfen die Rednerstimme hin und her, sodass nur wortstammlose Vor- und Nachsilben die Ohren der Zerstreuungsfeiergäste – und meine, und meine Ohren! – erreichen.

Die Gesichter der Gäste kommen mir seltsam bekannt vor. Später denk ich, ich muss einen Blackout gehabt haben, dass ich sie nicht sofort erkannt hab.

Es wummert oben an der Tür, der Hund springt auf, er winselt voll Erwartung und wedelt mit dem Schwanz.

Ich rufe: »Komme!«

Auf dem Gehweg Pizzapete mit einem Karton in den Händen: »Blubb, blubb!«

»Was ist denn hier los?«, frag ich blöde. Auf der Straße latscht ein Pulk von Leuten durch den Regen, augenscheinlich Niederschicht, Schirme, auf dem Kopf gefaltete Papierhüte, Gummihüte, Plastiktüten, zwischen den Menschenreihen Transparente, sie zischen zwischen ihren Zahnlücken Slogans, die ich nicht verstehe.

Pizzapete drängt zur Tür herein und drückt sie schnell wieder zu.

Auf der andern Straßenseite der *Laden für Nichts*, sie haben das Licht ausgemacht, aber hinterm Schaufenster seh ich helle Gesichterflecken.

»Schon wieder Demo«, sagt Pizzapete. »Ich glaube fast, der Niederschicht gefällt ihr Leben nicht mehr.«

Pizzapete zeigt mir sein Telefon. Er musste quer durch die Demo und hat eine Menge Handzettel abbekommen. Laute, völlig übersteuerte Aufrufe zum Streik, Proklamationen in 36 Punkt, hektische Solidaritätsadressenfilmchen.

Die Sozialnationale Partei spricht sich in Versailles für die BELANGE DER EINHEIMISCHEN NIEDERSCHICHT aus, eine Stimme aus dem Off liest den Text vor. Die Chancen der Niederschicht, als Vorweiner angestellt zu werden, sollen durch MIGRATIONSPOLITISCHE MASSNAHMEN (Versenken von Booten, Liquidierung von Grenzverletzern, ggf. Internierung in Abschiedslagern) verbessert werden.

Nasopa-Chefin beschäftigt Vorweiner aus Portugal!
Neuhamburg (ASN) – Ein tragisches Ende nahm Bärbel Wagenweidel, die Vorsitzende der Sozialnationalen Partei Resteuropas.
Gestern war bekannt geworden, dass die Politikerin, die sich wiederholt für ein Vorweinverbot von Ausländern ausgesprochen hatte, seit vielen Jahren selbst einen Vorweiner aus Portugal beschäftigt.
Heute bereits zog Bärbel Wagenweidel die Konsequenzen und stürzte sich vom Balkon ihrer Wohnung im 12. Stock. Politische Gegner zollten ihrer Entscheidung Respekt.
Wir wollen unseren Hörer:innen die Schreie der fallenden Politikerin nicht vorenthalten.

Nachricht acht. Der achtfache Pfad. Erleuchtung ante portas.

Pizzapete wirft den Pizzakarton aufs Bett.

Wir pflanzen uns vor den Rechner.

[Das Gottesauge zeigt: … der Umriss Eurasiens,
Resteuropa mit der Regengrenze mittendurch,
durch die Wolken,
schräg durch die Regenfäden,
durch ein Fenster,
der Blick des Gottesauges streift Berta,
das Gottesauge schlüpft in den Rechner, durch die
Platinen, Aufschlag, es plingt, heiser und laut. Das
Gottesauge blickt durch das Display des Rechners nach
draußen. Zeigt das Gesicht von Berta, neben ihr Pizzapete, sein Gesicht ein Flecktarnkreis.
Bertas Lippen formulieren stumm, es ist auf dem
Untertitel zu lesen: »Scheiße. Bounct.«]

Ich seh nach oben, die Demo zieht immer noch am Fenster
vorbei, Cordhosen, Jeanshosen, Wollröcke, nackte Beine,
Nylons.

»Verstehst du, was sie rufen?«, frag ich Pizzapete.

Pizzapete sagt: »Was sie immer rufen: Wir können auch
gut heulen – stellt uns ein, sonst gibt es Beulen! Wir sind
auf den Beinen – denn ihr lasst uns nicht weinen! Diese
schwachsinnigen Vorweinerneider schreien doch immer
das Gleiche.«

Immerhin stimmt das Versmaß. Ich hör die Rufe von draußen und, ein bisschen zeitversetzt, aus dem Rechner. Ich
schau auf den Monitor. Ich seh die Demo von oben. Ich
erkenn mein Souterrainfenster.

Ich schau wieder raus. Die Fernsehkameras sind auf
dem Dach gegenüber aufgebaut, zwischen den Forsythien.

Dort, wo Ende September die Sonne hinter den Wolken steht, am Mittag, ein paar Tage lang.

Ich seh auf den Monitor und zieh, Bild im Bild, die Nachrichten groß. Ich knips das Licht im Zimmer an, ein winziger heller Fleck auf dem Bildschirm, und wieder aus. Ich schalt das Licht an und aus, zweimal kurz, viermal kurz, kurz, lang, kurz:

.. ..-.

.-.. ..- . --. -

-.. --- -.-. ....

.-- . -. -.

.. ..-.

.-- . .. -. -

Pizzapete fragt: »Du kannst morsen?«

Ich sag: »Ich mag Sprachen, die kein Mensch versteht.«

»SOS war das nicht. Was hast du gemorst?«

»Egal.«

»Sag!«

»Nein.«[*]

Die Niederschicht glaubt tatsächlich, sie könnte diese Arbeit so gut machen wie die Ausländer. Sie verstehen nicht, dass sie gar nicht verzweifelt genug sind.

Ich wechsel wieder zum Zerstreuungsfeierfenster. Plötzlich erkenn ich eine der Frauen. Natürlich, es ist Frau Sonnberger. Inzwischen ist sie so alt, dass sie ihre Haare zum

---

[*] *»Ihr luegt doch, wenn ihr weint.«*

Dutt hochknebelt. Neben ihr hockt, etwas erhöht, die alte Frau von der Schwellenborg.

Auf den PiPs ringsum Mutters Freundinnen: Cäcilia, Dora, Edelgard. Nichts als Namen in schwarzen Fensterchen, sauber alphabetisch sortiert.

Kein Zweifel: Wir sind in die Zerstreuungsfeier von A. wie Anna geraten.

In die Zerstreuungsfeier meiner eigenen Mutter.

Niemand hat mir Bescheid gesagt. Es wär auch nicht so einfach gewesen. Niemand weiß, wie ich zu erreichen bin, nicht einmal Frau Sonnberger.

Der Zerstreuungsfeierredner sagt »Anna«, er salbt das Wort, während er es ausspricht, und dann nennt er meinen Nachnamen.

Frau von der Schwellenborg schluchzt theatralisch vor. Frau Sonnberger stimmt pflichtbewusst mit ein.

KAPITEL 12,

worin Annas Vorweiner sich undankbar zeigt.
Anna muss ihn leider des Hauses verweisen.

(Außerberuflich vergossene Vorweinertränen)

Aus dem Küchenboden wuchs ein Tisch von enormer Größe, ein riesiger Holzquader, an den Seiten Schubladen und
Türen von der Arbeitsplatte bis hinunter zu den Fliesen.

A. wie Anna hatte die letzten Bilder von Australien vor
Augen, die rot glühende Wüste, und mittendrin der riesige Sandsteinmonolith, der heilige Berg Uluru, auf dessen
Hochplateau Frau Sonnberger, bevor sie mit dem Kochen,
Dünsten, Braten, Backen der Gerichte begann, all die sorgsam ausgewählten Zutaten zerkleinerte, würzte, sie seg-
nete und wie Opfergaben in Schälchen und Schüsseln versammelte.

Anna fühlte sich fremd in der Küche. Die Küche war Annas Besitz, natürlich, wie das ganze Haus und das ganze
Anwesen ihr Besitz war, doch sie gehörte ihr nicht.

Anna bewegte sich wie unabsichtlich in Richtung des un-
auffälligen Tischchens, das unter dem Fenster an der Wand
der Küche stand. Sie blieb am Tischchen stehen und zog
den Hocker etwas zurück, dabei sah sie fragend zu Frau

Sonnberger hinüber. Frau Sonnberger, wusste Anna von ihren Visiten zu Beginn jedes Tages, pflegte an diesem Tischchen am Morgen ihren Bohnenkaffee einzunehmen.

Jetzt rief die Haushälterin: »Aber bitte, bitte schön, natürlich!«, und A. wie Anna klemmte sich an die Tischplatte.

Als Anna saß, sagte sie: »Ach, Frau Sonnberger, wären Sie bitte so lieb, meinen Vorweiner freundlich herzubitten? Es wäre doch zu und zu schön, wenn wir die Kartöffelchen gemeinsam schälten, er und ich.«

Frau Sonnberger legte sorgfältig die Messerchen bereit, eines auf Annas, eines auf der anderen, noch vakanten Seite des Tischchens, akkurat im rechten Winkel. Das Schüsselchen mit den Kartöffelchen platzierte sie in der Mitte des Tisches, dann verließ sie die Küche, um nach dem Vorweiner zu sehen.

★ ★ ★

Die Chirurgin sagte: »Eine gründliche Vorbereitung der Operation ist die wichtigste Voraussetzung, wenn Sie es nicht beim Operierenwollen belassen, sondern den Schritt zum Operierenkönnen wagen wollen.«
Anna sagte: »Sieben.«
Anna rief: »Sieben!«

★ ★ ★

Anna versuchte, ganz bewusst jener kurzen Zeitspanne nachzuspüren, die unmittelbar vor dem Beginn einer in hohem Maße erfüllenden Tätigkeit lag. Sie schätzte diesen Augenblick der Hoffnung auf Erlösung sehr.

Die Kartoffeln erschienen Anna jetzt noch kleiner als beim Ausgraben in Bartels Garten. Sie klemmte eines der braunen Bällchen zwischen Daumen und Zeigefinger, dann ritzte sie mit dem Messerchen die dünne Haut, hobelte eher, als zu schälen, die Hülle ab, und am Ende hatte sie aus dem Bällchen ein noch viel kleineres Polyeder herausgeschnitzt, einen vieleckigen Körper, in dem sie trotz aller Unregelmäßigkeit die Form eines kostbaren Diamanten von, die Kartoffel wog mindestens noch drei Gramm, also ungefähr fünfzehn Karat erkannte.

Der Vorweiner saß auf der anderen Seite des Tischchens und sah ungläubig herüber.

»Das Schälen verbraucht mehr Kalorien, als wir beim Essen zurückbekommen«, konstatierte er.

A. wie Anna hielt den Kopf etwas schief, verzog die Lippen gespielt maliziös und sprach, auf die prekäre Lage der niederländischen Landwirtschaft anspielend: »Immerhin sind sie nicht im Wasser verfault.«

Die gemeinsame Ernte der einst gemeinsam gesetzten Kartoffeln, spürte Anna, und nun das gemeinsame Schälen respektive Schnitzen, die gemeinsame Vorbereitung des gemeinsamen Mahles also, festigte beider Gemeinsamkeit, festigte vor allem die Bindung des Vorweiners an sie, Anna, in einer Weise, die zu Annas großem Leidwesen in der Routine der alltäglichen Abläufe nur allzu selten möglich war.

Plötzlich zischte es laut vom Herd her, es knackte wie ein Rudel Wildschweine, das durch das trockene Unterholz brach, ein schnelles Prasseln, und im nächsten Moment war die ganze Küche vom Geruch gebratenen Specks erfüllt. Frau Sonnberger röstete Speckwürfelchen, um den Grünkohl mit Grieben zu verfeinern. Grammeln, wie sie sagte.

Der Vorweiner blickte geistesabwesend auf das Schälchen Kartoffeln.

Anna fragte: »Möchte Er vielleicht ein Butterbrot vorneweg, ein Pain beurré zum Horsd'œuvre? – Frau Sonnberger?«

Frau Sonnberger nickte.

Anna sagte: »Wir sehen uns zum Dîner«, und verließ die Küche.

Dann saßen sie endlich zu Tisch. Im Glanz des Mahagonis spiegelte sich eine kleine Schüssel. Der Stamppot, befand A. wie Anna, war im Großen und Ganzen gelungen. Der unterschiedliche Zerstampfungsgrad der Kartoffeln verlieh dem Brei eine geradezu aufregende Textur. Die Grieben taten das Ihre dazu.

Nur der Grünkohl hätte etwas jünger sein können, so war er leider ein wenig zu strohig – was Frau Sonnberger durch eine deutlich verlängerte Kochzeit leidlich wettzumachen verstanden hatte.

Der Vorweiner hatte nicht viel gegessen. Wie auch? Er nahm die letzte Gabel zu sich, dann legte er das Besteck ab und schob den Teller von sich.

»Das ist sehr mächtig«, sagte er. »Sehr, sehr gut«, sagte er, »aber sehr mächtig.«

Anna versuchte, am Klang seiner Stimme, an seinem

Blick, an seiner Körperhaltung den aktuellen Grad der Bindung zu ergründen.

* * *

Die Chirurgin: »Wenn man den Grünkohl lange genug
blanchiert, ist er leichter verdaulich. Aber mal ehrlich:
Eigentlich ist das doch Hasenfutter, nicht?«
Die Chirurgin sortierte die Instrumente auf einem weißen
Tuch. Anna erkannte, akkurat nebeneinander, Pinzetten,
Haken, Klemmen und Skalpelle in verschiedenen Größen.
Die Chirurgin zog den zartgrünen Sichtvorhang quer über
den OP-Tisch, zersägte Jungfrau, doch Anna sah immer
noch unter dem Tuch hindurch ihre breiten Brüste, weiter
hinten den blutbraunen Bauch.
Die Chirurgin griff zum größten der Skalpelle, drückte die
Klinge unterhalb des Brustbeins in Annas Oberbauch und
zog den Schnitt bis fast zum Nabel.
Anna spürte nichts.
Anna: »Acht, neun, zehn. Zehn! Zehn!«

* * *

In der Nacht wurde Anna geweckt. Sie konnte sich nicht erinnern, wovon. Ein Geräusch, ein Lichtblitz von draußen, ein angsteinflößender Traum?

A. wie Anna setzte sich auf.

Der Schreck hatte ihren Körper mit Adrenalin geflutet, ihr Herz schlug schnell, sie war bereit zur Flucht, doch wohin? Woher kam die Gefahr?

Sie saß im Bett. Es war still. Es war dunkel.

Anna schlüpfte in die Hauspantoffeln und zog den Morgenmantel über.

Anna konnte oft nicht schlafen. Hinter dem dünnen Musselin der Müdigkeit lauerten beunruhigende Silhouetten: der verstorbene Mann, die verschwundene Tochter, der Vorweiner, ein ganz und gar fremder Ausländer, der nun durch ihr eigenes Zutun im Haus lebte und jetzt, bei Nacht, wenige Zimmer weiter schlief, hoffentlich, vielleicht.

In anderen Nächten, wenn sie nicht schlafen konnte und im Haus herumging, war es im Flur so dunkel wie im Schlafzimmer.

In dieser Nacht jedoch konnte sie, wenn auch nur in Umrissen, alles erkennen. Die Zimmertür des Vorweiners war nicht vollständig geschlossen, ein senkrechter Streifen warmen Lichts drang heraus, erhellte den Flur und warf Schatten und tauchte die breiten Rahmen der Gemälde an der Wand, die mäandernden Arabesken des Teppichläufers und das gedrechselte Geländer der Galerie in ein alles verrätselndes Zwielicht.

Anna blieb vor der Zimmertür stehen. Ihr Vorweiner schien mit jemandem zu sprechen. Seine Stimme klang verzweifelt.

Anna drückte die Tür ein wenig auf und spähte, selbst im Dunkel verborgen, ins Zimmer hinein.

Der Vorweiner stand am Fenster. Er trug den orangefarbenen Pyjama, den sie ihm kurz nach seinem Einzug geschenkt hatte und mit dem sie bezeugte, dass sie seine Herkunft respektierte.

Der Vorweiner schluchzte. Er sprach Niederländisch.

»Muder?«, hörte Anna.

Und: »Waarom?«

Der Vorweiner sprach alle paar Wochen mit seinem Bruder auf dem großen Floß bei Deventer. Anna wusste, dass er ihm auch gelegentlich Geld schickte. Er hatte es ihr selbst erzählt, und sie hatte ihm noch ein paar Resteuro dazugegeben.

Anna begriff: Seine Mutter war gestorben. Wenn Anna die Sätze richtig deutete, die der Vorweiner, sobald er sie von seinem Bruder gehört hatte, einen um den anderen stur zu wiederholen schien, war die Mutter bei einem nächtlichen Spaziergang zu dicht an den Rand des Floßes getreten, gestolpert, ins Wasser gestürzt und abgedriftet.

A. wie Anna dachte, dass so ein Floß, wenn es nur groß genug war, eine ganze Welt darstellen mochte. Die Mutter des Vorweiners hatte, wenn man es so betrachtete, auf einer Erde gewohnt, die eine Scheibe war. Und war heruntergefallen.

Der Vorweiner schluchzte noch lauter, er weinte und hieb sich mit der freien Hand gegen den Kopf.

Anna war bis ins Innerste gerührt: So eindringlich würde er auch um sie, um Anna, A. wie Anna, weinen, wenn es so weit war. Er würde weinen und schluchzen, und sein Kummer und seine Verzweiflung würden alle anstecken, die Ohren hatten zu hören. Und alle anderen würden gleichermaßen um sie, um Anna, A. wie Anna, weinen. Frau Sonnberger, Frau von der Schwellenborg, vielleicht sogar ihre Tochter am Monitor in Neuhamburg. (Hier irrte Anna.)

Ein delikater Stamppot war der goldene Schlüssel zum holländischen Herzen. Die Seniormaklerin hatte völlig recht gehabt, damals in dieser ordinären Forsthaushüpfburg am Wannsee. Anna war froh, auch ein wenig stolz auf ihre Intuition, dass sie sich damals ausgerechnet an diese gründlich informierte, unerreicht kompetente Vermittlerin gewandt hatte.

Der Vorweiner schrie weiter, ohne jede Dramaturgie. Der Oberkörper bog sich im Schmerz vor und zurück. Dieses Weinen war echt und ergreifend wie nichts, das Anna jemals gehört oder gesehen hatte, dieses Geheul war ganz echt und – ganz widerlich.

Dieses Geheul galt nicht ihr, A. wie Anna. Dieses Geheul galt einer Fremden. Anna hatte einen Menschen genährt, genährt und beherbergt, der all das Gute, das sie, A. wie Anna, ihm erwiesen hatte, all die Selbstlosigkeit, mit der sie ihm begegnet war, im Augenblick der kleinsten Krise brüsk zurückwies.

Anna fühlte, wie in ihr die Wut aufstieg. Ihr Vorweiner hatte nicht das Recht, um jemand anderen derart zu weinen.

Anna wusste genau: Um sie, um Anna, A. wie Anna, würde er niemals so weinen. Niemals würde jemand derart weinen um sie, um Anna, um A. wie Anna.

Anna stieß die Zimmertür auf und rief, der Vorweiner sah sie erschrocken und mit roten Augen an: »Hinaus! Ich möchte Ihn nicht mehr in meinem Hause sehen!«

Der Vorweiner ließ das Telefon sinken. Er zögerte.

Anna schrie noch einmal: »Hinaus! Unverzüglich!«

Der Vorweiner drückte sich wortlos an Anna vorbei in den Flur hinaus.

A. wie Anna suchte nach einer Verunglimpfung, die ihrer übergroßen Enttäuschung auf geeignete Weise hätte Ausdruck verleihen können.

Sie rief, und nun überschlug sich ihre Stimme, die Vokale kieksten, dem Vorweiner in den Hausflur hinterher: »Er ist eine treulose Tomate!«

Die rassistische Beschimpfung tat ihr im nächsten Moment leid.

Vor Wut, jetzt nicht nur über ihn, sondern auch über sich selbst, riss Anna die Schiebetür des Kleiderschranks so jäh zur Seite, dass die Verspiegelung gefährlich zitterte. Sie schnappte den alten Rucksack und stopfte, was an Kleidung sie gerade greifen konnte, hinein. Sie zog die Schiebetür mit Wucht wieder zu, und der ganze Spiegel, vom Parkett bis zum Plafond, zerplatzte mit einem Knall.

Anna kniete, um die Scherben beiseitezuräumen. Sie sah in den Splittern Teile von sich selbst: Pantoffelfilz, Nachthemdmuster, Unterarmhaut, Nase.

Anna schnellte zum Zimmer hinaus, den Flur entlang, hinüber zur Eingangshalle.

Der Vorweinerschatten, eine Hand am Treppenlauf, stieg mit langsamen Schritten die Stufen hinab. Anna warf den Rucksack an ihm vorbei, hinunter ins Vestibül. »Nehme Er seinen Krempel mit!«

Die Haustür fiel schwer ins Schloss.

Anna hockte oben auf der Treppe. Sie starrte auf die Kris-

talltropfenschatten, die reglos und still am dunklen Kronleuchter baumelten.

Anna war am Ende. Ihr Leben war vorbei. Sie legte das
Kinn auf die Knie und die Arme über den Kopf.

Perdu war die närrische Hoffnung, bei ihrer Zerstreuung dereinst aufrichtig beweint und endlich angenommen
zu werden.

Wer nicht beweint wurde, hatte nicht existiert.

Schließlich schlich Anna hinunter zur Haustür. Sie drückte
die übergroße Klinke und trat ins Freie.

Der Himmel war klar wie immer. Knallblau am Tag,
knallklar bei Nacht. Sterne im Überfluss. Das Gehirn versuchte, im Sternengewimmel Muster zu erkennen. Der
Große Wagen mal wieder.

In der Ferne hustete leise ein Hund.

In der Ferne, hinten am Zaun, blinkte es orange. Warum
zum Teufel, fragte sich Anna, war um diese Uhrzeit noch,
mitten in der Nacht, in dieser notorisch properen Gegend,
die Stadtreinigung unterwegs?

Das Blinken zog Anna an.

[Das Gottesauge, Bild im Bild, es zeigt: Pizzapete,
Flecktarnkreis, sieht B. wie Berta über die Schulter.
Pizzapete fragt: »Magisch?«
B. wie Berta antwortet: »Magisch, na klar.«]

Das Blinken zog Anna magisch an. Vorsichtig, um im Dun-
keln nicht zu stolpern, setzte sie Fuß vor Fuß.

Unter dem Zaun, an das Parkmäuerchen gelehnt, saß
der Vorweiner und schluchzte und blinkte. Wenn im Wein-

krampf die Schultern des Vorweiners zuckten, sprang der Bewegungsmelder an und löste den Scheinwerfer aus, unter dem er kauerte.

Der Vorweiner hielt inne, hielt still, bis das Licht erlosch. Kurz darauf schluchzte und zuckte er wieder, und das Licht sprang wieder an.

In dem orangefarbenen Pyjama sah er aus, als ob er aus einem restamerikanischen Gefängnis entlaufen wäre.

Anna sagte leise: »Er hat ja noch mich.«

Der Vorweiner schluchzte unverständlich.

Anna versuchte, ihn aufzumuntern: »Sie ist nur weggetrieben. Vielleicht lebt sie jetzt auf einem anderen Floß.«

Der Vorweiner schluchzte erneut.

Anna flüsterte: »Mein Beileid.«

Der Vorweiner sah auf. Er hatte sie nicht verstanden.

Anna sagte noch einmal: »Mein Beileid!«

Sie rief: »Bei-Leid!«

A. wie Anna hätte ihm jetzt die Sicherheit schenken können, derer er bedürftig war. Sicherheit für die Zeit, wenn sie einmal nicht mehr da wäre.

Anna hätte ihn jetzt, hier und auf der Stelle, zu ihrem Erben erklären können. Das wäre durchaus auch für sie, Anna, A. wie Anna, von Vorteil gewesen: Ihr Vorweiner hätte nach ihr um niemanden mehr weinen und auf diese Weise seine Fähigkeit entpersönlichen, also inflationieren müssen.

Doch da war noch Berta. Zwar würde B. wie Berta um sie, Anna, A. wie Anna, nicht weinen, natürlich nicht. Dennoch wollte Anna Berta vererben, was Annas Mann hinterlassen hatte.

[Das Gottesauge, Bild im Bild, es zeigt: In einer offenen Tür steht ein Schatten. Es ist vermutlich Anna, schmal und viele Jahre jünger. In ihrer Hand ein Gegenstand, ein rostiger Stahlzylinder. Nicht zu erkennen, was es ist. In einem Bett schläft ein Mann.

[[Bild im Bild im Bild: Annas verschattetes Gesicht.]]

Stimme aus dem Off: »Ihr Blick ist liebevoll, aber entschlossen. Ihr Blick sagt: Tut mir leid, es muss sein!«]

Anna widerstrebte es, den Vorweiner ihrem leiblichen Kind gleichzustellen. Blut war nun einmal dicker als Ostwestseewasser.

Ach, A. wie Anna und ihr herrlich dämlicher Humor.

Anna und der Vorweiner standen einander gegenüber. Das Zaunlicht streifte ihre Gesichter. Anna trat einen kleinen Schritt auf ihren Vorweiner zu. Er wich nicht zurück. Sie hätte ihn jetzt umarmen können.

A. wie Anna sagte: »Lass Er uns wieder hineingehen.«

Anna wusste: Ihre Verbindung war stärker als je zuvor.

KAPITEL 13,

**worin wir einiges über Bertas Mutter erfahren
(reichlich spät).**

*(Umweltverschmutzung durch Einhornbrausepulvertütchen-
schnipsel)*

Der Zerstreuungsfeierredner ist ein hoher, hagerer Mann.
Haut von magenkranker Farbe, die Gestalt hat sogar einen
leichten Knick in Höhe des Bauches, als ob der Körper sich
schützend um den Ort der Krankheit und den Ursprung eines nicht mehr fernen Todes legen wollte, doch noch steht
der Mann leidlich stabil im Betontrog des Oder-Havel-Kanals und referiert in Würde und Sachlichkeit die wichtigs-
ten Eckpunkte aus Annas Leben.

Er erwähnt korrekt Annas Abkunft aus gutem Hause.

Annas Vater: Unternehmer. Ein, wenn auch erst spät, so
doch inzwischen in ganz Resteuropa geschätzter Kämpfer
für erneuerbare Energien, Tornadodynamos, Aufwindtur-
binen, Solarbrotbacksteine usw.

Annas Mutter: Kunstgeschichte, Promotion, dann Kuratorin.

Auch Annas eigene gediegene Ausbildung führt der Zerstreuungsfeierredner aus: Kunstgeschichte, Promotion,
dann Kuratorin.

(Als Kind hab ich meine Mutter mal gefragt, was eine Kuratorin sei. Ihre Antwort: »Die sucht was aus.« Das hat mir als Antwort genügt, darunter konnte ich mir was vorstellen.)

Später, so der Zerstreuungsfeierredner, habe A. wie Anna sich ganz der Erhaltung des heimischen Anwesens und der Erziehung des Kindes gewidmet, was er unter Punkt vier noch ausführen werde.

Er räuspert sich und fährt fort. »Punkt drei: die Ehe. Glücklich. Punkt vier: eine reizende Tochter.«

Frau von der Schwellenborg schluchzt wieder auf. Sie macht ihre Sache nicht besonders gut, aber besser, als ich erwartet hätte.

Eine Wolke kleiner bunter Schnipsel wird durch das Kanalbett geweht, Pizzapete zieht das Bild größer, es sind lauter leere Einhornbrausepulvertütchen, vermutlich Müll von einer Zerstreuungsfeier ein paar Hundert Meter weiter. Der Zerstreuungsfeierredner unterbricht, man hört bloß den Luftzug, der um das Mikrofon streicht, dann sind die Einhornbrausepulvertütchen weitergezogen, Frau Sonnberger zupft sich noch eins von der Bluse und wirft es über sich, wo es vom Wind geschnappt wird und dem Einhornbrausepulvertütchenschwarm hinterherflattert.

Und dann kommt der Zerstreuungsfeierredner auf den plötzlichen, ganz und gar unverständlichen Tod von Annas Mann zu sprechen.

Wie hätte er das Thema auch vermeiden sollen? Am

Ende kommt alles hoch, alles wird öffentlich, und wenn es nur die Gerüchte sind und die Andeutungen.

Aus eigener Hand, wiewohl es ihm an nichts gemangelt habe. Ein gewiefter Unternehmensengel, ein beliebter Geldbeschaffer und -geber, augenscheinlich mit allen Wassern, nicht nur der Finanzwelt, gewaschen!

Aber so sei das eben, seufzt der Zerstreuungsfeierredner. Man könne in die Menschen nicht hineinsehen.

Der Zerstreuungsfeierredner beschreibt die Blutlache, in der Frau Sonnberger Annas Mann, meinen Vater, gefunden habe. Eine große, eine sehr, sehr große Blutlache, rein von der Fläche her.

Er spekuliert sehr anschaulich, wie groß diese Lache wohl gewesen wär – sie hätte sicherlich das Würfelparkett des Schlafzimmerbodens vollständig bedeckt, er versteigt sich zum Attribut. »knöcheltief« –, hätte Annas Mann auf dem Schlafzimmerboden gelegen und nicht in einem Bett, das all das Blut aufgesaugt habe wie ein, so der Zerstreuungsfeierredner wörtlich, »großer, gnädiger Schwamm«.

Der Mann hat sich gründlich umgehört, das muss man ihm lassen.

Der Zerstreuungsfeierredner geht die Liste weiter durch. »Punkt sechs: Als der Gatte tot war, blühte Anna auf.«

Ein Phänomen, das man des Öfteren beobachten könne.

»Punkt sieben: Im reifen Alter fasste Anna den für alle, die sie kannten, überraschenden Entschluss, sich doch noch einen Vorweiner ins Haus zu holen.«

Punkt acht: das tragische Ende.

Punkt neun: die äußerst erfolgreiche Tochter fernab Berlins, die man unter ihrer alten Adresse, einem prächtigen Herrenhaus an der Elbe, leider nicht habe erreichen können, weshalb sie leider nicht an dieser Zerstreuungsfeier teilnehmen könne, auch nicht am Bildschirm.

Die äußerst erfolgreiche Tochter, die nicht um ihre Mutter würde weinen müssen. (Zumindest in diesem Punkt hatte der Redner recht.)

Ich meld mich schnell an, die Kamera lass ich aus, und sofort erscheint am Rand des Bildes ein schwarzes Bild im Bild, unter dem einfach »Berta« steht.

Ich meld mich wieder ab.

Ich bin nur ein Gespenst, das kurz und unerwartet vorüberschwebt. Ich geb damit Frau Sonnberger ein Zeichen, das sie erst in den Logfiles sehen kann.

Das Amt hat die alte von der Schwellenborg zu Mutters Vorweinerin bestimmt. Was für eine Schmach! Wo zum Teufel ist der Niederländer?

Der Zerstreuungsfeierredner greift die Urne und steigt konzentriert die Betonstufen an der Kanalwand nach oben.

KAPITEL 14,

worin Berta Pizzapete verdeutlicht, was er will.

(Sexuelle Inhalte, Dosenananas, Verhöhnung religiöser Würdenträger)

B. wie Berta betrachtet Pizzapetes knollige Waden. Betrachtet seine pinken Knickerbocker.

Ich umfasse seine Taille. Ich gleite mit den Zeigefingerspitzen langsam im Hosenbund nach vorn. Taste nach dem Hosenhaken. Zieh ihn auf. Öffne schneller, als er's jemals hinbekommen hätte, die Knöpfe am Schlitz.

Pizzapete quengelt: »Kann jetzt nicht!«

Ich zieh die Hose runter, ein bisschen, berühr wie aus Versehen mit dem Handballen Pizzapetes Penis, auf dem Rückweg noch einmal, und als der Penis groß genug ist, nehm ich ihn fest in die Hand.

Pete will sich wegdrehn zum Gehn, doch B. wie Berta hält ihn am Penis fest.

Pete lacht. »Ich muss wieder los! Ich muss noch arbeiten!«

Ich sag: »Erst das Vergnügen, dann die Arbeit!«

Ich nehm den Pizzakarton und halt ihn vor Petes Unterleib.

»Los, stoß zu!«

»In den Karton? Vergnügen?«

Ich: »Carpe diem, Feigling!«

Pete: »Ich will nicht.«

Ich: »Und wart nicht auf morgen!«

Pete: »Ich kann nicht. Ich kann keine Pappe ficken!«

Ich sag: »Die Pappe ist doch bloß der Anfang! Wenn du da durch bist, kommt« – ich sprech mit tiefer Stimme und versuch, möglichst lasziv zu klingen – »der Pizzaboden!«

Ich leg den Karton wieder weg und reiß Pete die Knickerbocker runter bis unter die Knie. Ich schubs ihn nach hinten.

Er versucht einen Ausfallschritt, umsonst, die Waden sind durch die Hose aneinandergefesselt. Pete fällt rücklings aufs Bett. Ein Türmchen ragt auf.

B. wie Berta nimmt Maß, dann bohr ich mit einem Kugelschreiber ein Loch in den Karton. Mit den Fingernägeln reiß ich das Loch weiter auf.

»So! Jetzt!«

Pete schiebt die Eichel ins Loch des Kartons.

Pete: »Aua! Da ist doch schon die Kruste!«

Ich: »Rein damit!«

Pete: »Ist der Boden immer so hart?«

Pete isst nie Pizza, er bringt sie bloß. Pete hasst Pizza.

Ich sag: »Knusprig. Pizza-Flitza nennt das ›knusprig‹.«

Petes Penis zerkrümelt den Pizzaboden. Pizzapoden.

Ich frag: »Tut das weh?«

Ich antworte: »Egal.«

Die Eichelspitze steckt in einem Ananasring. Der Ring ist zu eng.

»Jetzt drück doch! Kräftiger!«

»Das tut weh!«

»Das tut nicht weh! Das ist eine Dosenananas! Saftig, süß, butterweich. Drück!«

Pete pocht von unten gegen die Ananas. Sie beult sich ein bisschen nach oben, aber sie bleibt am Käse kleben.

Pizzapete drückt den Penis durch den Karton, durch den Pizzaboden und durchs Loch der Ananas, der Penis zerfranst es, nach oben.

Die Eichel lugt aus der Ananasscheibe. Sie sieht aus wie ein Glatzenpastor mit einer überbreiten, derangierten Halskrause.

B. wie Berta ruft: »Ehre den Inseln!«

Pete pariert: »Blubb!«

Ich sag: »Gleich geschafft!«

Ich leck mit der Zungenspitze um die Eichel herum.

Pete drückt den Penis weiter in den Karton. Die Eichel wächst aus der Ananas, unter ihr erscheint der Rest vom Penis. Dem Pastor rutscht die Halskrause auf die Hüfte.

Der Ananasring reißt, ich beiß Stück für Stück ab, die Ananas ist schon lange kalt, vorsichtig, und während ich abbeiß, küss ich den Penisschaft ganz leicht einmal ringsrum.

Der Glatzenpastor steht stramm, aber ratlos, wo wohl seine Halskrause geblieben ist, mitten auf der Pizza. Ich stülp meinen Mund über ihn. Teuflische Finsternis. Panik ergreift den Gottesdiener.

Vor dem Bett liegt der Hund. Er schläft. Jetzt öffnet er die Augen, gelangweilt, als ob er dergleichen schon hundertmal gesehen hätte.

Der Hund schließt die Augen wieder und rollt sich noch enger zusammen.

Pizzapete seufzt, ich spuck auf die Tomatensoße. Ich klapp den Karton zu. Der Deckel steht noch einen Spalt offen.

Ich sag: »Du kannst gehen.«

Pizzapete bleibt.

Inzwischen ist der Zerstreuungsfeierredner auf das Schiffshebewerk gestiegen. Er nimmt eine Handvoll Asche aus der Urne und wirft sie in die Luft. Der Aufwind um das Werk herum trägt die Asche hoch, eine graue Wolke, die sich immer feiner in der heißen Luft verteilt, bis keine Asche mehr zu erkennen ist.

Wir warten bis zur letzten Handvoll Asche, der Zerstreuungsfeierredner setzt eine Kunstpause, dann wirft er den Staub mit großer Geste hoch, die Asche steigt nach oben und verliert sich in der Luft.

Wir zappen weiter durch die Zerstreuungsfeiern.

»Langweilig! Die nächste!«, sag ich zu Pizzapete, aber der hat sich festgeglotzt an einer Zerstreuung im Alpenvorland.

Ich seh bei meiner Allianz vorbei. *Ruebezahltag*∞ liegt mal wieder am Boden. Die Rostigen Elektrozombies haben ihm die Arme abgehackt und die Beine, sein Kopf liegt ein paar Schritte neben dem Rumpf.

Der Kopf flucht: »So eine Scheiße, diesmal hab ich wirklich aufgepasst!«

Seit der letzten Belagerung hab ich die Fähigkeit des Fleischflickens. Ich flick *Unni* zusammen, aber weil er mich so nervt, näh ich den Kopf auf die Schulter und das Bein auf den Hals.

Ich lüg ihn an: »Entschuldige, geht leider nicht anders«, und *Unni* sagt: »Besser als vorher.«

Ich tret aus meiner Allianz aus. Wir verlieren dauernd Schlachten, ohne Not, das gefällt mir nicht.

Ich geh in eine andre Allianz. Seit ich Fleisch flicken kann, nimmt mich jede Allianz mit Handkuss.

KAPITEL 15,

**worin Anna mit mehreren Männern im Auto singt.
Dann rasen sie gemeinsam hinüber ins nasse
Westresteuropa.**

(Vandalismus, Rauchen, Alkoholkonsum)

Frau Sonnberger war außer Atem. Sie hatte ihren Morgen-
kaffee in der Küche stehen lassen und war ins Vestibül ge-
eilt, in dem A. wie Anna gemeinsam mit ihrem Vorweiner
das Frühstück einnahm.

Ein Anruf!

In der Küche befand sich ein sehr altes, klobiges Fern-
sprechgerät, das direkt an der Wand befestigt war. Einer
der Vorfahren ihres Mannes hatte es dort installieren lassen, vermutete Anna, vermutlich bereits unmittelbar nach
Errichtung des Hauses.

Wenn das Gerät klingelte, griff man zu einem obenauf
liegenden Knüppel. In das untere Ende sprach man hinein,
aus dem oberen Ende vernahm man die Stimme des An-
rufers.

Äußerlich hatte der Apparat jede technische Modernisie-
rung überdauert, sein Inneres freilich war in den letzten
Jahrzehnten mehrfach völlig ausgetauscht worden, und so-
wohl die Befestigung an der Wand als auch das geringelte
Kabel, das vom Apparat zum Sprechknüppel führte, war

nur noch Annas Sehnsucht nach Beständigkeit und Tradition geschuldet.

Seit Frau Sonnberger über die Küche herrschte, war dieses Telefon Frau Sonnbergers Telefon, und für gewöhnlich trafen nur Anrufe dort ein, die auch für Frau Sonnberger bestimmt waren. Lieferantinnen aller Art, Handwerkerinnen, Gärtnerinnen.

Aus Gründen, die Anna längst vergessen hatte, hatte sie Bartel einmal Frau Sonnbergers Telefonnummer gegeben, mit der Formulierung »Für alle Fälle« oder dergleichen, was natürlich zur Folge hatte, dass Bartel jedes Mal, wenn er Anna erreichen wollte, Frau Sonnbergers Nummer wählte.

Anna tupfte sich die Lippen mit der Serviette, schob den Teller ein wenig von sich und sagte zu ihrem Vorweiner: »Er entschuldigt mich bitte.«

Dann folgte sie Frau Sonnberger in die Küche.

»Bartel hier.«

»Herr Bartel, was gibt's?«

»Ach, ach«, seufzte Bartel. »Ich bin in Schwedt. Sie haben einen für mich! Einen Vorweiner!«

»Wie schön! Herr Bartel, ich gratuliere ganz herzlich! Wo ist das Problem?«

»Ich brauch Ihren Rat«, sagte Bartel gequält. »Ich soll einen Österreicher nehmen. Hier wimmelt's von Österreichern!«

»Aber, Herr Bartel, darüber haben wir doch gesprochen! Ein Österreicher? Das ist das reinste Lotteriespiel!«

Anna hatte Bartel vor geraumer Zeit erklärt, dass Österreicher vielleicht gute Köche seien, doch niemals brauchbare Vorweiner.

Tatsächlich wurde Anna, wenn sie einmal einen österreichischen Vorweiner hörte, den Eindruck nie los, dass er sofort aufhören würde zu weinen, dass er den völlig übertriebenen Leidenston und den sturzbachhaften Tränenfluss sofort abdrehen würde, wenn niemand mehr hinsah oder -hörte.

Bartel sprach sehr leise, fast weinerlich. »Ich brauch doch einen, der Resteuropäisch spricht. Ich kann doch nur Resteuropäisch, wie soll das denn anders gehen?«

Anna blieb hart: »Herr Bartel, keinen Österreicher! Darauf müssen Sie bestehen!«

Es knirschte im Knüppel, dann brach die Verbindung ab.

Schwedt, dachte Anna und legte den Knüppel wieder oben auf das Wandgerät.

★ ★ ★

Wenige Wochen später holte A. wie Anna Bartel und seinen neuen Vorweiner in Bartels Datsche ab. Anna bog gerade vom Waldweg auf die Dorfstraße, als die Motorenlärmersatzmelodie ausfiel. Sie ärgerte sich über die lausige Elektronik des Wagens, doch dann ließ sie die Fenster herunter und sang gemeinsam mit Bartel aus vollem Hals »Muss i denn, muss i denn zu-hum Städtele hinaus«.

Annas Vorweiner gab möglichst laut und rhythmisch zischend, schnalzend und röchelnd die Schlag- und Schepperbox, dazwischen steckte er den Kopf aus dem Beifahrerfenster und kreischte: »Lett opp! Hüpp, hüpp! We sein heel snell! Lett opp!«, um Fußgängerinnen und Fahrradfahrer zu warnen.

Auch Bartels Vorweiner, es war tatsächlich ein Kasache geworden, der ein so gut wie untergegangenes Resteuropäisch sprach, einen Hunderte von Jahren alten, dort hinten an der chinesischen Grenze wie gepökeltes Pferdefleisch konservierten Dialekt, eine Art Südwestresteuropäisch, das Bartel auch nach mehreren Wochen lediglich in Ansätzen verstand, etwa »Danke« und »Bitte«, auch Bartels Vorweiner jedenfalls rief von der Rückbank zum Fenster hinaus: »ɐus dʃ bɛ̃ː! gɐŋɐd wɛg! gɐŋɐd wɛg!«[*]

Endlich steuerte Anna den Wagen auf die Autobahn.

A. wie Anna wagte nicht, daran zu glauben, dass ihr großer Wunsch bald in Erfüllung gehen könnte, doch ohne dass sie es hätte beeinflussen können, leuchtete in ihren Gedanken immer wieder eine grelle Vorfreude auf, die den deprimierend dunklen Schatten des Zweifels überstrahlte.

Anna wusste nicht, ob sie zu ihrer Geburt fuhr oder zu ihrem Tod.

Anna betrachtete Bartel und seinen Vorweiner im Innenspiegel.

Für Bartel war der Kasache ein Glücksfall. Er musste, da er ihn ohnehin nicht verstand, nicht viel mit ihm sprechen. Das Reden lag Bartel nicht, doch er lebte jetzt in dem beruhigenden Bewusstsein, es doch noch geschafft zu haben. Niemand mehr konnte ihn, Bartel, so leichthin zur Niederschicht zählen.

---

[*] »Aus dr Bah! Gangat wägg! Gangat wägg!« (Standardresteuropäisch: »Aus der Bahn! Geht weg! Geht weg!«)

Bartel wirkte nervös. Er war nicht der Typ, der Versprechungen machte, die er nicht halten konnte. Wenn er sagte, er könne möglicherweise ein Mastschwein zur Schlachtung beschaffen, ganz sicher sei es noch nicht, das würde sich erst im letzten Moment erweisen, dann konnte man davon ausgehen, dass es wahrscheinlicher war, in einem faradayschen Käfig vom Blitz erschlagen als von Bartel enttäuscht zu werden.

Anna beobachtete, wie Bartel auf der Rückbank kauerte und rauchte. Er blinzelte durch das halb geöffnete Fenster nach draußen. Seine Anspannung verriet, dass er fürchtete, vielleicht doch zu viel versprochen zu haben.

Irgendwann fragte Anna in den Spiegel: »Das ist in der Stadt?«

Bartel nahm einen letzten tiefen Zug, nickte, atmete den Rauch lange aus und warf die Kippe zu den anderen in eine Flasche. Die Flasche war bereits zur Hälfte mit Zigarettenresten gefüllt, die, ohne die Flüssigkeit zu trüben, in Resten grellgelber Einhornbrause dümpelten.

Bartel nickte: »Mittendrin.«

Einhornbrause als chemische Waffe!
Berlin (ASN) – Ein tragisches Ende nahm der Versuch Restrusslands, zentralsibirische Aufständische mit Einhornbrause zu bekämpfen. Tragisch für Restrussland!
Einhornbrause!
Ein Film, der auf Armeekanälen kursiert, zeigt, wie vermeintliche Milizen von tief fliegenden restrussischen Riesengießkannen mit einer leuchtend gelben Flüssigkeit besprenkelt werden.

Stellt sich heraus: Die »Milizen« sind restrussische Soldaten!
Opfer von freundlichem Feuer!
Wir wollen unseren Hörer:innen die Schreie der restrussi-
schen Soldaten nicht vorenthalten.

Anna sagte zu ihrem Vorweiner, der neben ihr eingedöst war: »Jetzt, gleich!«

Der Vorweiner erschrak und richtete sich auf.

Er sagte: »Oh, tatsächlich«, und sah zur Windschutzscheibe hinaus nach oben.

Sie fuhren auf die Regengrenze zu, eine pfeilgerade Linie quer über den Himmel, von Norden nach Süden. Die Linie markierte den Rand des dunkelgrauen Wolkendeckels, unter den sie gleich mit Karacho brettern würden, doch noch herrschte über ihnen ein knallblauer, himmelblauer Himmel, herrschte das Blau eines vor lauter Sonnenhelligkeit doppelt und dreifach redundanten hellen, hellhimmelblauen Himmels, der Wagen passierte den Abzweig nach Neurostock, dort ging es zur Ostwestsee, doch da wollten sie nicht hin, nein, jetzt ging es nur noch geradeaus nach Neuhamburg.

Die Autobahn führte in einem letzten, einem weiten, kaum wahrnehmbaren Schwung durch die ostresteuropäische Savanne, ein paar riesige Opuntien, saarlandgroße Solarzellenfelder, dann rasten sie unter der Regengrenze hindurch und mit einem weiten, starken Regenwasserspritzbogen nach beiden Seiten, A. wie Anna hatte Mühe, den Wagen auf dem Wasserfilm auf Kurs zu halten, schossen sie hinüber nach Westresteuropa.

Anna reduzierte die Geschwindigkeit und drehte den Scheibenwischer auf, der Wagen teilte –

[Das Gottesauge, Bild im Bild, es zeigt: ein Pkw
mit Schiffchen anstelle der Räder, die Schiffchen
teilen das Wasser, kleine Bugwellen breiten sich
neben dem Auto, das Auto ist schon im Regen
verschwunden, auf der Fahrbahn nur noch Wasser,
breiten sich hinter dem Auto aus, werden flacher und
breiter und bringen links und rechts der Fahrspur
winzige Kanus, besetzt mit winzigen, leichtfertigen
Freizeitkanuten, zum Schwanken und schließlich zum
Kentern.
Aus dem Wasser fuchteln Ärmchen.]

– der Wagen teilte, zerpflügte das Wasser. Der Regen fiel
und wehte und stob, Tropfen, Duschen, Nebel, Güsse.

Anna bemerkte, dass der Regen in Westresteuropa seinen
Geruch schon lange verloren hatte. Der Regen roch nur,
wenn er auf trockene Erde fiel, auf trockenen Asphalt, trockenen Beton, doch hier war der Boden immer nass.

Der nasse Boden roch nach nichts, die nasse Luft roch
nach nichts.

Das Wasser bildete auf der Windschutzscheibe, sobald
der Scheibenwischer vorbei war, wieder wilde, zuckende
Wellenmuster.

Anna sah in den Außenspiegel. Der Bandbus war noch hinter ihnen. Die Band war wichtig. Ohne Rhythmus keine
Wiedergeburt, so viel war klar. Und bei diesem Rhythmus
ging es nicht um ein brachiales Humptata wie bei »Muss i
denn«.

Sie rollten von der Autobahn und auf den aufgemalten Straßen, »bei der nächsten Möglichkeit links abbiegen«, nach Neuhamburg hinein.

Das Auto schmeichelte: »Sie haben Ihr Ziel erreicht.«

A. wie Anna sagte, mit leiser Verwunderung: »Ich glaube, wir sind da.«

»Licht ist kaputt«, sagte Bartel. »Schon immer. Scheißlicht.« Scheißnichtlicht.

Sie stiegen vorsichtig die bröckelnden Betonstufen hoch, tasteten sich an den Wänden (vertrauenswürdig) und am Treppengeländer (wenig vertrauenswürdig) nach oben, zweiter Stock, dritter Stock, auf jedem Treppenabsatz befand sich ein kleines Fenster, durch das ein aschgraues Licht hereinfiel.

Bartel stöhnte unter der Last seines Körpers. Anna erschien es ein wenig lächerlich, dass die Lunge dieses massigen Leibes wie eine nervöse Piccoloflöte pfiff. Über der Schulter schleppte Bartel eine riesige, prall gefüllte Tasche. Anna fragte sich im Stillen, was er wohl darin trug. Schlachtwerkzeug?

A. wie Anna schwebte über die Treppe, als ob die Gedanken daran, was kommen würde, ihren Kopf mitsamt dem Leib nach oben zögen.

In der Dunkelheit erkannte sie schwach phosphoreszierende Vandalen-Autogramme an den Wänden, mit breitem Strich dahingeschnörkelt, die sie natürlich nicht entziffern konnte.

Auf dem letzten Absatz, unter dem Dach angekommen,

öffnete Bartel mit einem riesigen Schlüssel eine Brand-
schutztür. Sie betraten eine leere Etage, zuerst Bartel, dann
Anna, als Letztes die beiden Vorweiner.

Auf den ersten Blick schien es eine Art riesiges Bade-
zimmer zu sein, ein fensterloser Nassraum mit gefliesten
Wänden und einem Steinboden. Oben, auf den rohen De-
ckenbalken, lag das Wellblechdach des Hauses.

Der Boden fiel zu einer Seite leicht ab. Mitten im Raum
stand eine große Wanne aus Edelstahl, sie war im Boden
festgeschraubt.

Daneben baumelte der Haken eines Flaschenzugs.

A. wie Anna erkannte den langen, dicken Stahlzylinder, der
blank poliert auf einem Schemel lag.

Das war das Bolzenschussgerät. Es schien ganz neu,
noch nie benutzt.

Anna wusste, wie es zu bedienen war – sie hatte sich seit
vielen Jahren auf diesen Tag vorbereitet.

Auf dem Boden lagen aufgerollte Plastikwäscheleinen.

»Wir müssen warten«, sagte Bartel. »Ich weiß nicht, wann
er kommt.«

Er setzte nach: »Und ob er kommt.«

Anna und die Vorweiner ließen sich an der Wand nieder.
Annas Blick fiel wieder auf den Bolzenzylinder, dann auf
die Tür des Lastenaufzugs.

Bartel verschwand hinter einer kleinen Tür, vielleicht
eine Teeküche. Anna hörte ihn rumpeln und klirren. Er
kam mit ein paar Flaschen Bier wieder. Eine reichte er
Anna, die schüttelte den Kopf und fixierte weiter mal den
Zylinder, mal den Lastenaufzug.

Bartel und die beiden Vorweiner tranken.

Bartel sagte: »Das letzte Mal hat es auch dauernd gereg-
net. Hätte nicht gedacht, dass es hier wirklich immer schüttet, dermaßen, ohne Unterbrechung, andauernd, vierund-
zwanzig sieben. Ich hab das für eine Erfindung gehalten,
dass das andauernd regnen soll. Eine Lüge eben, eine Lüge
von den Hauptstrommedien, wie alles. Eine Riesenlüge.«

Er nahm wieder einen großen Schluck. Die Wassertropfen prasselten hypnotisierend auf das Wellblechdach.

Bartel, mit entrücktem Blick: »Na ja, ist es wahrscheinlich auch.«

A. wie Anna betrachtete das Bolzenschussgerät. Die Gerä-
te, die sie kannte, waren allenfalls so lang und dick wie der
Unterarm eines Erwachsenen. Dieses hier war wesentlich
größer.

Bartel setzte die Bierflasche ab: »Sie kommen.«

Jetzt hörte Anna auch den Aufzug rattern. Mit einem
Knarzen stoppte die Kabine hinter der geschlossenen
Schiebetür.

Anna fixierte wieder das Bolzenschussgerät. Es würde
schießen, schon bald.

KAPITEL 16,
worin eine Sau nicht zu Wurst wird.
(Allergenkennzeichnung nicht erforderlich)

Die Aufzugtüren schoben sich auseinander, als ob jemand einen Zaubertrick vorführen wollte.

Bartel riss die Arme hoch. »Tschechow! Endlich!«

Er schien erleichtert, dass sein Versprechen wirklich in Erfüllung gehen würde.

Im Aufzug stand ein kleiner, schmaler Mann, daneben ein sehr großes, kugelrundes Schwein. Ein kleines i und ein großes O. Ein O und ein i.

Das Oi von Oink.

Tschechow geleitete die Riesensau an einer geflochtenen Leine aus der Aufzugskabine heraus. Die Sau ging Anna bis zur Schulter. Sie war auf eine unwirkliche Art sauber. So rein wie ein Filmschwein. Das war kein Schwein, das sich jemals irgendwo im Dreck gesuhlt hätte. Wo kam es her?

Der dünne Tschechow trug auf seinem I-Punkt-Kopf ein schmales Lächeln. Anna, im Kopf die Wörter »schüchtern« und »fies«, entschied sich für fies.

Vermutlich hatte er einfach den Angestellten einer Schweinezuchtanstalt be- oder erstochen.

Bartel räumte seine Tasche aus. Ein Sack Salz, große Beutel mit Majoran, Thymian, Kümmel, Pfeffer.

Anna begriff, was er vorhatte.

Anna sagte: »Herr Bartel, wir machen keine Wurst. Wir schlachten, ja. Doch nicht, um Wurst zu machen. Ganz bestimmt nicht.«

Bartel sah sie verzweifelt an.

Der Niederländer und der Kasache tuschelten miteinander. Mal nickte der eine, mal der andere. Anna bemerkte, dass jeder in seinem eigenen abwegigen Dialekt sprach, und doch schienen sie sich ohne Mühe zu verstehen.

Bartel fragte: »Und Sie wollen alles selber erledigen?«

Anna sagte: »Ich muss.«

Bartel starrte sie weiter an.

Anna war in Gedanken bereits bei der Schlachtung. Dennoch folgte ihr Mund wie im Wachtraum einem jahrelang geübten Ritual.

»Was darf ich Ihnen geben?«, fragte sie. Und fügte an: »Es ist sicher besser, wir regeln das vorher. Wer weiß, wie es ausgeht, nicht?«

»Wer weiß, wie es ausgeht«, sagte Bartel. »Sagen wir fünfhundert. Es müsste bar sein.«

»Natürlich«, sagte Anna, »natürlich bar.«

Sie langte in die Innentasche ihres Jacketts und nahm ein Bündel Geldscheine heraus.

»Bitte schön«, sagte sie und wollte Bartel die Hunderter auf die Hand zählen.

»Halt, halt!«, rief Tschechow. »Keine krummen Dinger! Keine Barzahlung über mehr als einhundert Euro!«

»Geldwäschegesetz«, erklärte Bartel. »Also dann.«

A. wie Anna fragte Bartel: »Was darf ich Ihnen geben?«

Bartel sagte: »Hundert.«

Anna sagte: »Bitte schön«, gab Bartel einen Hunderter und ging einmal um die Wanne herum.

Als sie wieder vor Bartel stand, fragte sie: »Was darf ich Ihnen geben?«

Bartel murmelte: »Hundert.«

Bei der fünften Geldübergabe sagte Bartel zu Anna: »Zwei Fünfziger, wenn's geht, bitte.«

Als er das Geld erhalten hatte, sagte er: »Tschechow?«

Bartel gab Tschechow einhundert Euro. Tschechow drehte eine Runde um die Wanne, zweihundert Euro. Noch eine Runde, zweihundertfünfzig.

Bartel sagte. »Jetzt aber.«

Tschechow demonstrierte Anna, wo sie das Messer ansetzen musste.

Anna sagte: »Ich weiß!«

Gemeinsam hielten sie die Sau fest, die unruhig quiekte. Sie schien zu wissen, was gleich passieren würde.

Tschechow reichte Anna das Bolzenschussgerät.

Anna prüfte das Gerät und drückte den Bolzen auf die Stirn des Schweins, zwei Fingerbreit über den Augen.

Sie flüsterte: »Du verzeihst mir« –

[Das Gottesauge zeigt: Anna, Flecktarn, an der Statur zu erkennen, viele Jahre jünger, im Streit mit ihrem Mann, Flecktarngesicht. Der holt aus zum Schlag.
Schnitt.
Nacht.
Außen.

Anna schlüpft durch ein kleines Tor in der Hecke hin-
über zur Nachbarin. Frau von der Schwellenborg, viele
Jahre jünger. Sie betreten einen Schuppen, Frau von der
Schwellenborg reicht Anna ein rostiges Bolzenschuss-
gerät.
Schnitt.
Nacht.
Innen.
Annas Mann schläft. Anna setzt die Bolzenpistole auf
seine Stirn.
Schnitt.
In der offenen Tür ein Mädchen mit Lolli. Deutlich zu
erkennen: die Gesichtszüge der kleinen Berta.
Schnitt.
Der Mann bäumt sich nicht auf.
Black.]

– und drückte ab. Das Schwein zuckte zusammen und
stakste, die unbeeindruckte Bewegung schien wie die Über-
sprunghandlung eines Schwerstverletzten, der nach dem
Unfall unter Schock stand, stakste einen kleinen Schritt,
noch einen, dann kippte es nach vorn auf seinen runden
Fassbauch, rollte zur Seite und blieb ohne Regung liegen.

Jetzt musste es schnell gehen. A. wie Anna kniete sich auf
das Tier, rammte das Messer in den Hals und schlitzte ihn,
dabei durchtrennte sie die Schlagader, zur Hälfte auf.
      Das Messer, das Schwein, das Blut.
      Das saublöde Blut.
      Anna schnürte flink die Hinterfüße zusammen und hak-
te den Flaschenzug ein. Sie zog das Schwein nach oben, es

geriet ins Trudeln, baumelte und schlug mit dem blutigen Kopf gegen die Wanne.

Das Blut pulsierte heraus und floss auf dem schrägen Boden langsam zur Wand.

Bartel sagte: »Das schöne Blut.«

Tschechow sagte: »Kein Schwein will heute noch Blutwurst essen.«

Bartel sagte: »Ich schon.«

Anna stach das Messer mit Kraft bis zum Griff in die Schwarte des hängenden Schweins und zog es durch die harte Haut vom Unterbauch bis hinunter zum Hals.

Sie klappte den Kadaver auf und langte mit bloßen Händen hinein, zog die warmen Eingeweide heraus, Lunge, Magen, der Darm rutschte nach unten in den hohlen Brustkorb, den Darm, ein paar weitere Organe, blutige Klumpen, die sie nicht hätte benennen können, schnitt jene Gefäße und Sehnen, die nicht ohnehin bereits gerissen waren, durch und legte die Eingeweide sorgsam neben der Sau auf die Erde.

Das Blut floss zur Wand und verschwand im Boden.

Anna zog das Schwein etwas höher und schwenkte den Kran des Flaschenzuges über die Wanne. Sie rief den Männern, den beiden Vorweinern, Bartel und Tschechow zu: »Auf was wartet ihr?«

Gemeinsam bugsierten sie das Tier über die Wanne, ließen es herab, drehten es, zogen es wieder ein wenig hoch und ließen es wieder herab.

Endlich klemmte die Sau vollständig und stabil in der Wanne. Ein korpulentes Wesen, das beim abendlichen Entspannungsbad, Kerzenschein, Klavierkonzert, Rotwein, von einem skrupellosen Messermörder überrascht worden war.

Anna fragte noch einmal, jetzt etwas leiser, doch mit Nachdruck: »Auf was wartet ihr?«

Tschechow und Annas Vorweiner traten auf sie zu und halfen ihr aus den Kleidern. Tschechow öffnete flink die Bluse, doch als er den BH aufhaken wollte, zischte Anna: »Das können Sie nicht!«

Der Vorweiner zog Anna die blutverschmierten Schuhe von den Füßen, dann schob er ihre Hose die Beine hinunter. Anna hob erst den einen, dann den anderen Fuß. Schließlich stand sie völlig nackt im Raum.

Eine Siebzigjährige im Körper einer Zwanzigjährigen.

Wer Augen hatte zu sehen, erkannte unter der gestrafften Haut, am Hals, an den Brüsten, am Bauch die Furchen und Falten von Annas Erinnerungen.

Bartel stand mit dem Gesicht zur Wand, trank Bier und rauchte.

Anna hob ein Bein über den Wannenrand, die Pobacken und Oberschenkel strafften sich weiter, zog das andere Bein hinterher und hüllte sich in das weiche Fett des Schweins.

Sie rief: »Holt die Band!«

A. wie Anna zog die Schwarte zu, bis kein Licht mehr hereindrang. Es war warm und feucht. Es roch nach Blut. Draußen murmelten Bartel und Tschechow.

KAPITEL 17,

**worin ein Pärchen in den Keller geht zum Lachen.
Ein Komödiant (unsterblich) macht sich lustig.**

(Alkoholkonsum, Grausamkeit, Jonglage)

Jetzt sind wir schon eine Weile zusammen, aber wenn ich
die Hormone und den romantischen Überbau mal aus-
blende, muss ich zugeben, dass ich Pizzapete kaum kenn.

Er ist in Neupinneberg aufgewachsen, hat er gesagt. Hat
früher in Neualtona gewohnt, jetzt wohnt er in Neusankt-
georg. Hat immer als Zusteller gearbeitet, sagt er. »Weil
das so stramme Waden macht.« Briefe, Lebensmittel, Koks,
jetzt Pizza.

Es gibt ein paar Ex-Freundinnen, aber zu denen hat er
keinen Kontakt mehr. Zu keiner einzigen, was ich seltsam
find. »Nie wieder was gehört.« Getrennt und Sendeschluss.

Ich will wissen, ob Pizzapete lachen kann. Oder ob er
sich überhaupt für irgendwas interessiert, außer mit mir in
der Bude zu hocken und allem, was dazugehört.

Wir fangen an auszugehn.

Diesmal treffen wir uns oben, unterm Vordach des Clubs.
Pizzapete kommt zu jeder Verabredung zehn Minuten zu
früh. Um ihn ein bisschen zu ärgern, mach ich es diesmal
genauso.

Plötzlich steht ein junger Mann vor mir und fragt atemlos: »Bin ich zu spät?«

Dem Gesicht nach ist es Pizzapete. Ich hätt ihn fast nicht erkannt. Sonst trägt er auch abends in der Kneipe seine Kluft, aber jetzt seh ich ihn zum ersten Mal nicht in Berufskleidung. Keine pinken Knickerbocker, sondern Jeans, Hemd und Jackett, blau und weiß und grau.

»Wie siehst du denn aus?«

»Hättest du nicht gedacht, was? Gehn wir nicht ins Theater? Dafür schmeißt man sich in Schale, das weiß ja sogar ich.«

Bei der ZWEITEN RETTUNG RESTEUROPAS haben weitblickende Baufachleute darauf gedrungen, nicht nur Drainagestollen anzulegen, sondern den Beton auch so zu verschalen, dass nach dem Aushärten große Höhlen entstehen, die auf ganz verschiedene Weise genutzt werden können, als Bunker, als Ställe, als Lazarette, Kolumbarien oder eben als Clubs.

Als wir den Förderkorb betreten, wackelt er gefährlich. Zwei, drei Dutzend weitere rausgeputzte Menschen drängen rein. Über uns kracht und schabt es, dann rutschen wir langsam nach unten.

Der Schacht zum Club ist schon ein Teil der Inszenierung. Durch die Gitter des Korbs sehn wir in der Wand des Schachts die Eingeweide Resteuropas: Eisenrohre, Spiralschläuche, Kabel, Ventile, Klappen, Raster und vernietete Bleche. In den Zwischengeschossen die Stahlkästen der Lüftungsanlage und, das ist die besondere Attraktion dieses Clubs, ein verglastes, beleuchtetes Abwasserrohr.

Eine sagt zu ihrem Begleiter: »Im Osten hausen in der Drainage die Wohnungslosen, hab ich neulich gehört.«

Der Begleiter sagt: »Drainage braucht kein Mensch im Osten.«

Die Begleiterin lacht hämisch: »Den ganzen Osten braucht kein Mensch im Osten.«

Der Förderkorb endet in einer riesigen Halle, einer unterirdischen Kathedrale.

Ich hol uns zwei Flaschen Einhornbrause, einmal Grün für mich und einmal Violett für Pizzapete.

Der Club heißt L+G. Alle denken, die beiden Buchstaben stehen für »Liebe Grüße«, und niemand beachtet das Pluszeichen. Dabei steht das L+G für »Lisa und Gunter«, die beiden, die das Theater vor Jahrzehnten mal gegründet haben. Heute soll Stein auftreten.

Stein ist Neuhamburgs bekanntester Komödiant. Es heißt, er habe in Berlin Hausverbot in sämtlichen Clubs, deshalb sei er vor vielen Jahren nach Neuhamburg gezogen. Neuhamburg liebt ihn. Stein hat so gar nichts Hanseatisches.

Man weiß nie, ob er überhaupt zur Vorstellung kommt. Und wenn er kommt, weiß man nicht, was einen erwartet. Klärt er sein Publikum wieder, von keinem Scherz unterbrochen, über ein längst vergessenes Detail des Holocaust auf?

Liest er wieder so lange tragische Gedichte vor, bis das Publikum vor Vergnügen quietscht?

Steht er wieder neunzig Minuten schweigend auf der Bühne, unterbrochen von fünfzehn Minuten Pause?

Und dann ist er tatsächlich da. Stein betritt die Bühne von vorn, mühsam klettert er aus dem Zuschauerraum nach oben.

Pizzapete dreht sich zu mir. »Wie alt ist der denn? Hundertfünfzig?«

»Eher zweihundert«, sag ich.

Sein bekanntester Witz ist der mit den drei restrussländischen Soldaten. Eine der wenigen Nummern, die in jeder Show auftauchen.

Stein schlurft an der Bühnenkante entlang, das Handmikrofon vor dem Mund. Wie zu sich selbst sagt er: »Die Restrussländer …«, und schon beginnen die Ersten, ihre Haha-Schilder hochzuhalten.

Stein sagt: »Dann haben wir's hinter uns.«

»Okay«, sag ich zu Pizzapete. »Den Witz erzählt er wirklich schon seit hundert Jahren.«

»Die Restrussländer …«

– Stein hört schweigend dem Klang seiner Worte nach –

»… wer kennt sie nicht? Also, die Restrussländer haben wieder mal ein Land überfallen, diesmal: Tristnistrien.

Es sieht wieder mal nicht gut aus. Sie haben wieder mal gedacht, die Leute würden sich freuen, diesmal die Leute in Tristnistrien, aber: Pustekuchen. Du schlägst beim Nachbarn die Tür ein, und auf einmal ist der richtig sauer, wie soll man das ahnen?«

Die ersten Zuschauer klappern amüsiert mit den Zähnen.

»Jedenfalls«, fährt Stein fort, »jedenfalls: Andrej, Boris, Sergej. Stolze restrussländische Soldaten, seit vielen Angriffskriegen alte Kumpel, aber diesmal sind sie schon am ersten Tag verwundet worden. Na ja, ›verwundet‹ klingt so nach ... hingefallen, Knie geschürft. Nee, es ist schon ein bisschen ernster. Mit Pflaster ist da nicht mehr viel zu machen.

Andrej ist von einer Granate der komplette Unterleib weggerissen worden. Alles südlich vom Bauchnabel: futsch.

Boris hat durch eine Bombe beide Arme verloren.

Und Sergej, na, Sergej haben sie den Unterkiefer weggeschossen, komplett.

Die Freunde liegen seit vier Wochen im Lazarett. Sie liegen da und starren an die Decke. Aber sie haben ihren Humor nicht verloren. Da sagt Andrej: ›Na, Boris ...‹«

– Stein imitiert einen restrussischen Akzent –

»›... wie läuft es mit dem Wichsen?‹

Antwortet Boris: ›Gar nicht so schlääächt. Ich lass mir jäden Tagg von Särgäj einen blasen.‹«

Auch die, die den Witz noch nicht kennen, haben ihn verstanden und klappern anerkennend mit den Zähnen.

Stein fügt hinzu: »Sergej beginnt mit einem Röcheln zu kichern ...«

– Stein kichert kehlig und heiser –

»... chchch ... und alle, alle drei lachen gelöst.«

Das Publikum applaudiert und klappert laut mit den Zähnen. Die, die ihre Zähne schonen wollen, halten Schilder hoch, auf denen HAHA! steht, andere rufen: »Lach, lach!«

Nur Pizzapete lacht wirklich. Er lacht aus vollem Hals. Er krümmt sich vor Lachen, den Kopf beinah unterm Tisch.

Die Menschen am Tisch neben uns überspielen ihre Pikiertheit.

Es ist B. wie Berta peinlich, wie ungeniert sich Pizzapete zur Niederschicht bekennt, aber ich bin auch ein bisschen stolz drauf, wie natürlich, geradezu animalisch er sich verhält und wie wenig er auf das Urteil der andern gibt.

Wenn du zur Niederschicht gehörst, und hier im Club gehört außer Pizzapete niemand zur Niederschicht, hast du eine bewegliche Oberlippe, kannst richtig lachen und lächeln. Bei den normalen Menschen wird die Oberlippe in der Pubertät künstlich versteift. Ein winziger Eingriff, ambulant. Man zieht einfach einen schmalen Streifen Hartplastik durch den Oberlippenbogen, und damit gilt das Kind als erwachsen und kann die Contenance bewahren bis zum Lebensende.

Pizzapete lacht und lacht und verzieht das Gesicht, und seine Oberlippe macht jede Grimasse mit.

(Die Tränendrüsen werden heute nicht mehr entfernt, es gab einfach zu viele Entzündungen, und manche Menschen wurden dabei blind.)

Stein beginnt zu schwadronieren, er begrüßt DIE RETTUNG RESTEUROPAS, als ob sie erst gestern stattgefunden hätte, schließlich habe man dieser Rettung so bezaubernde Clubs wie diesen hier zu verdanken, so hübsche Betonhöhlen, man fühle sich hier doch geborgen wie in einer Betongebärmutter, er dreht den Kopf vom Mikro weg und ruft nach oben: »Mutter! Mutter! Mutter!«,

die Wände werfen den Schall zurück,

Stein imitiert eine Schwangere, die ihren Bauch streichelt,

Stein streichelt den ganzen Raum, in dem wir uns befinden, dabei lächelt er entrückt.

Einzelne Schilder: HAHA!

Und um Jütland sei es nicht schade, auf dem Meeresboden lebten jetzt die Unterseedänen, plötzlich hat Stein Flossen an den Händen, er geht mit langsamen Brustschwimmbewegungen auf der Bühne auf und ab, er sei übrigens einmal in Aarhus gewesen – ist er wirklich schon so alt? –, in Aarhus bei einem Straßentheaterfestival, und dort habe es vor Jongleuren nur so gewimmelt.

Das sei furchtbar gewesen, er hasse Jongleure, zum Glück sei er jetzt vor dem Treiben auf den Straßen von Aarhus sicher, ganz Resteuropa sei sicher, zum Glück, und was auf dem Meeresboden stattfinde, das sei allein die Sache der Unterseedänen. Die Jongleure jedenfalls könnten ihm jetzt nichts mehr anhaben, Jongleure seien eklig, ruft Stein, eklig, eklig, eklig, und außerdem, er senkt seine Stimme, außerdem bekomme er beim Anblick von Jongleuren heute noch Pickel im Gesicht.

Das Publikum murrt, weil Stein nicht aufhört zu labern, Stein ruft: »Das glaubt ihr nicht? Mutter! Mutter! Jonglieren ist eklig!«

Stein stolpert von der Bühne ab, zur Seite, und schlüpft in eine der Toiletten. Das Publikum raunt. Er kommt mit drei nassen Klobürsten wieder.

Stein wirft eine Bürste in die Luft, dann die zweite, und als er die dritte hochschleudert, fallen alle drei zu Boden. Nach ein paar Versuchen klappt es, Stein hält alle drei Toilettenbürsten kreisend in der Luft. Er tritt einen Schritt nach vorn, an die Bühnenrampe.

Von den Bürsten spritzt Wasser auf die Zuschauer.

Die kreischen und ducken sich weg; die, die weiter hinten sitzen, starren angeekelt und fasziniert auf die Bühne, ein paar Gebisse klappern hektisch, manche Zuschauer schreien: »Lach!« Und noch lauter, noch höher: »Lach, lach!«

Stein sammelt die fliegenden Stiele in einer Hand, die Menschen an den hinteren Tischen klatschen.

Stein verbeugt sich nicht, er steht aufrecht da, die Hand mit den Bürsten auf dem Rücken, und sagt: »Jonglieren ist eklig. Und es macht Pickel. Danke, dass Sie mir zustimmen.«

Er nickt dem Publikum knapp zu, dann geht er ab nach vorn, durch den Zuschauerraum, direkt zum Tresen.

»Krasse Performance«, sagt Pizzapete, als wir wieder aus dem Förderkorb steigen.

Und noch mal: »Krasse Performance.«

»Sag ich doch«, sag ich.

»Bisschen sehr Vintage vielleicht«, sagt Pizzapete.

»Weil heute niemand mehr Witze macht? Kann sein.«

Er legt seine Hand in meine. Wir lassen uns Zeit. Wir sind auf dem Weg zu mir, und dass wir uns damit Zeit lassen, das ist Teil des Spiels.

Heute Nacht fällt nur ein dünner Sprühregen, am Anfang des Weges seh ich noch winzige Wasserperlen auf Pizzapetes Haaren, aber bald sind es so viele, dass sie ineinanderfließen, sich zu großen Tropfen sammeln, und dann rinnt ihm das Wasser in die Stirn.

Plötzlich bleibt er stehn.

»Hörst du das?«

Entferntes Gemurmel. Es schält sich langsam aus dem leisen Rauschen des Regens raus.

»Demo«, sag ich.

Im selben Moment sehn wir die Gruppe mit ihren Transparenten. Sie gehn mitten auf der Schnellstraße. Hinter ihnen stauen sich die Autos, die Scheinwerfer leuchten die Demonstranten an, sodass sie lange Schatten auf den nassen Beton werfen. Niemand hupt.

Die Vorweinerneider rufen wieder ihre Reim-dich-oder-ich-fress-dich-Sprüche.

»Wir sind auf den Beinen – denn ihr lasst uns nicht weinen!«

Wir stehn vor einem kleinen Hügel, auf der andern Seite die Vorweinerneider. Auf dem Hügel hat man ein Denkmal errichtet. Es muss gleich nach der DRITTEN RETTUNG RESTEUROPAS aufgestellt worden sein.

Neuhamburgs Erster Bürgermeister von der Schwellenborg. Damals war er ein einflussreicher Fürsprecher der Vorweinmigration, heute ist er die Hassfigur aller Vorweinerneider.

Ich zieh Pizzapete am Ärmel, ich will weiter, es riecht nach Ärger, und ich bild mir ein, in der Ferne schon die Martinshörner zu hören.

Aber Pizzapete reißt sich los, er klettert auf den Sockel des Denkmals, er winkt mich ran, ich soll mit hochkommen. Ich steig ihm hinterher, widerwillig.

Pizzapete rüttelt an von der Schwellenborgs großem Kopf. Der lockert sich, er wackelt, aber er fällt nicht.

Plötzlich kommt eine Gruppe von Menschen aus der Richtung des Clubs, mittendrin Stein, sie debattieren und fuchteln dabei mit den Armen, Stein schüttelt wieder und wieder den Kopf.

Stein klettert auf das Denkmal.

Er fängt an zu deklamieren: »Arbeit! Geißel der Menschheit!«

Seine Fans wiederholen: »Arbeit! Geißel der Menschheit!«

Stein ruft den Vorweinerneidern zu: »Ihr seid doch bescheuert! Ihr wollt Geld, aber ihr schreit nach Arbeit! Total bescheuert!«

Pizzapete kraxelt vom Denkmal runter, er springt vom Sockel und rennt zur Schnellstraße rüber. Ich kann mir nicht erklären, was er sucht. Er kommt mit einer dicken Eisenstange wieder.

Ich fürchte das Schlimmste. Zettelt er jetzt eine Schlägerei an?

Aber Pizzapete klettert wieder hoch zu mir. Er rammt das Eisen in die Öffnung am Hals des Denkmals, gemeinsam hebeln wir den Spalt noch breiter, Pizzapete lässt los,

ich heb die Stange noch mal, schieb sie weiter rein und drück sie runter, schließlich kippt der Kopf vom Hals, die Menge johlt, der Kopf knallt auf die Sockelkante,

eine Stirntolle bricht ab,

die Kugel, Granit, sie plumpst vom Sockel und rollt den Hügel runter, rüber auf die Fahrbahn.

Die Autos fahren immer noch so langsam, dass sie dem Kopf leicht ausweichen können.

Die Vorweinerneider jubeln, aber als das erste blaue Blinklicht den kopflosen von der Schwellenborg erfasst, laufen sie weg, als ob sie nie was miteinander zu tun gehabt hätten.

Pizzapete und ich gehn zu mir, Hand in Hand.

Wir liegen auf dem Bett, ich schnalz dem Hund. »So, jetzt darfst du.«

Der Hund springt auf das Bett.

Ich lieg zwischen den beiden.

Ich mach das Licht aus.

Vor dem Fenster wandern immer noch Beinschatten nach rechts, nach links.

B. wie Berta fragt: »Willst du dir auch einen Vorweiner zulegen, irgendwann?«

Pizzapete sagt: »Vielleicht bewerb ich mich selbst. Ich könnte mich als Skandinavier ausgeben.«

Ich sag: »Du könntest mein Vorweiner werden.«

Pizzapete sagt: »Keine gute Idee. Man sollte Trauer und Privates immer auseinanderhalten.«

KAPITEL 18,

worin Anna es beinahe bis nach Beteigeuze schafft (oder wie das heißt).

(Blasmusik)

A. wie Anna versuchte, möglichst wohltemperiert zu atmen.

Im Schwein war es zunächst völlig finster. Dann bemerkte Anna, dass durch den Schlachtschnittspalt ein schmaler Streifen Licht hereindrang. There is a crack in everything. So ging ein Sprichwort ihrer Urgroßmutter, das jene in ihrem unerschütterlichen, also deprimierend einfältigen Optimismus aus Anlass jedes noch so entsetzlichen Unglücks hersagte. That's where the light gets in.

Das Schwein war warm und feucht und fühlte sich weniger tot an, als Anna befürchtet hatte.

Anna sah vor sich das Messer, das Schwein, das Blut. Das saublöde Blut.

Wie ist denn das passiert?

Eins. Das ist so passiert.

Draußen schlug jemand mit Kraft ein Tamtam. Es musste riesengroß sein, so sehr dröhnte es, es musste mannshoch sein oder doppelmannshoch. Anna spürte die Druckwellen im Magen.

Sieben Schläge.

Anna hörte Posaunen.

Die Big Band hatte zu spielen begonnen. Das war das sichere Zeichen, dass es jetzt losging.

Wieder dröhnte das Tamtam, dann drang der Gesang zu Anna herein. Sie identifizierte die Brummbässe der beiden Vorweiner. Nach ein paar Takten fielen die hellen Stimmen von Bartel und Tschechow in den Gesang ein.

Das Donnern der Pauken verstärkte die Wucht des Tamtams.

Ein Trommelwirbel schwoll an,

wurde leiser,

schwoll wieder an.

Die Band erhöhte das Tempo. Presto.

Im Schwein wurde es wärmer. Prestissimo.

Das Schmalz, der Grünkohl, der Stamppot.

Anna musste sich jetzt ganz auf die bevorstehende Regression konzentrieren. Das war der große Moment. Wenn sie sich richtig informiert hatte, würde in der schnellsten Phase der Musik die Regression nicht mehr aufzuhalten sein. Ein Punkt in der Zeit, der sich zur Ewigkeit dehnte.

Anna erwartete keinen Moment, keinen Augenblick, kein Zwinkern. Anna erwartete ein langes, langes Starren in den Abgrund, die Augen aufgerissen, bis sie sich entzündeten.

Anna war bereit.

Sie entspannte sich.

Sie spürte in ihre Hände hinein, wie sie links und rechts von ihr im feuchten Schweinefleisch lagen, in die Arme, die

Beine. Alles lag, wie es liegen sollte. Alles lag verlässlich an ihr befestigt und bei ihr im Schwein.

Anna schloss die Augen.

Jetzt, jetzt löste sie sich auf. (Hier irrte Anna, wie so oft. Was für ein Unsinn!)

Anna wurde endlich eins /
    mit dem Inneren des Schweins.
    (Wochenendseminar: Zweizeiler.)

Die Pauke schlug neben dem Takt. Einen winzigen Moment zu spät, doch sehr deutlich neben dem Takt.

Anna schloss wieder die Augen.

Die Musik wurde noch lauter. Sie war laut und gleichzeitig durch die Schweineschwarte gedämpft, wurde immer lauter und immer gedämpfter, die Töne schoben sich ineinander.

Anna wusste nicht, wo und wann sie war. Wusste nicht, wo oben war und wo unten. Wusste nicht, wann vorher war und wann nachher.

Ganz klar: Jetzt, jetzt löste sie sich auf.

Die Pauke schlug wieder zu spät, Anna wartete mindestens eine Viertelsekunde. Anna wurde wieder ihrer Benommenheit beraubt. Wut stieg in ihr auf, eine in ihrer Wirkung ganz ärgerliche, jedes Streben nach Rückführung sabotierende Wut. Anna wurde wütend auf die Wut, sehr, sehr wütend auf die Wut und darauf, dass sie auf die Wut so wütend war.

Die Wahrheit war: Es gab keine Erlösung. Nicht durch das Kitten von Fenstern, nicht durch das Ernten der Kartoffeln mit den eigenen Händen, nicht einmal durch Trance.

Vive la Trance.

That's how the light gets in.

Muss i denn?

Was war nur aus Europa geworden?

Resteuropa.

Bello e impossibile.

Anna sah Rücken, die sich entfernten. Den Rücken des Machervaters. Den Rücken der Mutterkuratorin, die etwas aussuchte, etwas ganz anderes.

Anna wurde noch einmal erfüllt von der Allmacht der ersten wackligen Schritte.

Sie krabbelte in die Welt hinaus, über die Schwelle der Küchentür, das speckige, glänzende Holz, weg von dem neuen Küchenmädchen in seiner karierten Schürze, der jungen duttlosen Frau, von der Anna heute wusste, dass sie schon damals Frau Sonnberger hieß.

A. wie Anna, Anna wie A., der edelste, ursprünglichste aller Laute, aus Brust und Kehle voll erschallend, den das Kind zuerst und am leichtesten hervorzubringen lernte, den mit Recht die Alphabete der meisten Sprachen an ihre Spitze stellten, A. robbte ins Vestibül, vorbei an den steinernen Stoppern des Eingangstors, nach draußen, rückwärts, wie sie es gelernt hatte, die Granitstufen hinunter, hinaus in den Garten, den Park, hinein in die Welt, auf nach Amerika, zum Mars, auf nach Beteigeuze oder wie das hieß.

Das Universum war weit und stand ihr offen, und sie war an jedem Ort im Universum sicher, denn um das Universum herum lag ein hoher schmiedeeiserner Zaun.

Anna wurde geboren. Sie wurde rückwärts geboren. Der Rhythmus legte sich um sie, um ihren Kopf, ihren Rumpf und ihre verlässlich befestigten Extremitäten, der Rhythmus füllte das Schwein.

Die Kontraktionen, immer auf die Eins, saugten sie in den Uterus zurück.

Anna hatte alles erledigt. Alles geschafft und erledigt. Sie war auf Beteigeuze gewesen (oder wie das hieß), und jetzt löste sie sich endlich auf.

Jetzt löste sie sich wirklich auf.

Endlich.

Ihr Bewusstsein glitt fort.

Doch dann: draußen ein Kreischen. Als ob eine verzogene Stahltür geöffnet würde und über den Estrich kratzte.

Eine der Posaunen hatte den Ton nicht getroffen.

Anna ärgerte sich und schlief ein.

War das die Regression? Einfach einzuschlafen? Anna bemerkte im Schlaf, dass sie nicht einmal träumte.

Sie konstatierte, dass sie womöglich nicht einmal eingeschlafen war.

Von draußen drang der Rhythmus herein, die Bläser, die Schläge, der monotone Gesang.

Anna hätte nicht sagen können, wie viel Zeit verging oder wie schnell.

Doch die Zeit verging, so viel war sicher.

Dann war es still.

Durch Annas geschlossene Lider fiel hellrotes Licht.

Anna öffnete die Augen und sah in Bartels Gesicht. Er hatte geschwitzt und atmete schwer. Die nassen Haare klebten an seiner Stirn. Hatte er etwa getanzt?

Anna sah in Bartels Mund.

Bartel sagte: »Was ist denn nun?«

Die Regression war ausgeblieben.

Immerhin, sie fühlte sich etwas erholt, das war nicht nichts.

Bartel und Tschechow zogen den Schlachtschnitt weit auseinander. Ein dicker Mantel, der nach einem langen kalten, dunklen Winter zum ersten Mal wieder geöffnet wurde.

Anna setzte sich auf. Sie saß im Schwein wie ein benommenes Kind nach dem Mittagsschlaf. Ihr Vorweiner stand mit ratlosem Gesicht am Wannenrand.

Anna rief ihm zu: »Ich bin geboren! Er wird noch ein Weilchen warten müssen, bis er seines Amtes walten kann!«

Erst jetzt bemerkte Anna, dass rings im Raum noch der Spielmannszug Zerpenschleuse stand, die Big Band, vollständig angetreten.

Sie hatte die Männer schon einmal gesehen und, natürlich, gehört, bei Bartel im Garten, als sie ihrem Fördermitglied ein schiefes Ständchen zum Sechzigsten gebracht hatten. Die Spielleute standen nebeneinander, einmal ringsherum aufgereiht an den Wänden, die Posaunen, die Pauken, die Trommeln,

und starrten auf Annas blutige wiedergeborene Brüste.

Anna erkannte auch eine Schalmei.

Bartel rief: »Gut gemacht! Danke! Raus mit euch!«

Tschechow öffnete die Tür und wedelte den Spielmannszug, Musikant um Musikant, hinaus.

Ein überlebensgroßer Tausendfüßler, der Mann für Mann immer kürzer wurde und im Treppenhaus verschwand. Als Letzter wackelte umständlich die Tuba zur Tür hinaus.

Anna kletterte aus dem Schwein. Sie stieg aus der Wanne, dabei fasste sie das Schlachtmesser, das auf dem Wannenrand lag.

Anna sagte: »Herr Bartel?«

Bartel: »Hm?«

»Herr Bartel, ich danke Ihnen. Sie haben mir einen großen Wunsch erfüllt. Den größten Wunsch überhaupt.«

Bartel sagte: »Das war alles Tschechow.«

Anna wandte sich zu Bartels Kumpel: »Vielen Dank, Herr Tschechow, vielen, vielen Dank!«

Tschechow sagte: »Außer der Musik.«

Bartel fragte: »Hat's denn geklappt?«

Anna überlegte.

Dann fragte sie zurück: »Wie lange war ich drin?«

Bartel: »Zehn Minuten vielleicht.«

Anna: »So ... kurz? Ja, es hat geklappt. Es ist wie ein Zauber, wissen Sie. Einmal ganz zurück, und dann kommen Sie heraus wie neu!«

Sie hielt das Schlachtmesser in die Höhe: »Und alle Dämonen sind für immer erlegt! Erledigt! Erledigt und erlegt!«

Anna fuchtelte im Scherz mit dem Messer herum, sie stach auf unsichtbare Monster ein, sie lachte hell wie ein Mädchen. Bartel dachte: Hat vielleicht wirklich geklappt.

Anna rief: »Nimm das!«

Der Fliesenboden war verschmiert mit Blut, glitschig, ein Fuß rutschte weg, Anna befand sich bereits im Fallen, den Griff des großen Messers immer noch von der Faust umklammert, ihr Vorweiner sprang ihr zu Hilfe, er wollte sie auffangen,

er hatte sie im Arm,

er fasste sie sicher,

er hielt sie warm,

das Messer ragte gefährlich in die Luft, Annas Vorweiner versuchte, sich wegzudrehen, ohne Anna fallen zu lassen.

Was passierte hier? War es ein Unfall oder Absicht? Anna sah wieder ein Schwein vor sich, möglicherweise, ein Schwein, das sie opfern musste für ihre Erlösung, sie war ja noch benommen, sie traf die Halsschlagader, sie ritzte den Adamsapfel des Vorweiners, der gerade »Vorsicht!« hatte rufen wollen, doch nur noch ein »Vor-« ausstoßen konnte und vor »-sicht« bereits zusammenbrach.

Im Fallen zog er Anna, die er einfach nicht loslassen konnte, mit sich zu Boden.

[Das Gottesauge, Bild im Bild, es zeigt: auf dem Boden rohe Stämme, darauf Hütten aus Pappe und Brettern, Zelte, ein kleines Dorf. Eine Reihe von Gewächshäusern.

Kinder spielen Fußball, der Boden ist nicht eben, es kommt darauf an, den Ball in der Luft zu halten und ihn weiterzukicken.

Ein Kindergesicht ist verschwommen, verblurrt. Das Kind schießt den Ball gegen das Glas eines Gewächshauses, doch es klirrt nicht. Das Glas ist kein Glas, sondern Plastikfolie. Der Ball federt zurück.

Am Rand steht eine Frau, ihr verpixeltes Gesicht schimpft mit dem Kind mit dem verpixelten Gesicht.

Aus der Mitte des Dorfes wächst der Mast eines Windrads, das Windrad dreht sich hoch über den Hütten. Es dreht sich schnell, es pumpt Wasser nach oben, ein Rohr führt über die Köpfe der Menschen hinweg, aus dem Dorf hinaus, das Dorf steht auf einem riesigen Floß, das Rohr leitet das Wasser, das das Windrad aus dem Meer gepumpt hat, zum Rand des Floßes, das Wasser schießt vom Floß zurück in das Meer.]

KAPITEL 19,

worin die Regengrenze auf die Küstenkante trifft.
Berta verändert den Status ihrer Beziehung.

(Gewalt gegen Mücken und Menschen)

B. wie Berta und Pizzapete stapfen über eine nasse Weide, die Körper in den Wind gelehnt. Die Kühe mahlen mit gesenkten Schädeln das nasse Gras. Ich halt den Hund an der kurzen Leine. Kühe und Kasuare. Die knallbunten Federköpfe der Kasuare wippen im Gehen auf und ab. Der Hund zerrt an der Leine. Vor den Kühen hat er Angst, aber die Kasuare will er jagen.

Pizzapete in seinen pinken Knickerbockern und dem pinken T-Shirt sieht auf dem dunkelgrünen Gras aus wie ein GIF, das irgendein Wütiger zu grell gefarbfiltert hat. An den Füßen trägt er lehmverschmierte Lederklumpen, alte, schwere Wanderstiefel mit Profilen, so tief wie die eines Radladers.

Windräder rühren in den Regenschlieren. Weiter hinten, an der Küstenkante, sticht eine Reihe Tornadodynamos ins Grau des Himmels.

Endlich steigen wir über den Stromzaun auf den Küstenweg.

Der Himmel in Westresteuropa ist immer grau. Manchmal ist die Wolkendecke etwas heller, fast weiß, manchmal dunkler, fast schwarz. Grau in allen Stufen. Ab und zu kann man in der Wolkendecke ein Muster erkennen, Ausstülpungen, leichte Dellen, aber nie so grob, so auffällig, dass eine einzelne markante Abweichung die Betrachterin hier unten auf der Erde hätte trösten können.

Hellgrau, dunkelgrau, denkmalsgrau, ab und zu ein leichter, kaum zu bemerkender Farbstich, ein Hauch von Orange oder Grün.

Meistens aber ist es ein Grau, dessen Grau dermaßen grau zu sein versucht, dass es einem vorkommt, als wollte es sich vor sich selbst verstecken.

Mit einem Ex, Ex-Ex oder Tripel-Ex, ich hab nicht die Ruhe, genau zu rechnen, bin ich schon mal hier gewesen. Dieser Ort ist magisch. Hier kreuzen sich Regengrenze und Küstenkante.

Es ist nicht offiziell verboten, die Regengrenze zu besuchen, doch wenn die Polizei, die auf dem Küstenweg Patrouille fährt, einen bemerkt, dann kontrolliert sie fast immer die ID-Karten, als ob man was Verbotenes vorhätte. Dabei können wir doch ohnehin nichts ändern.

Wir sind wegen des Geruchs gekommen. Reine Romantik. Jedes Frühjahr wandert die Regengrenze wenige Meter nach Osten, innerhalb weniger Stunden. Im Herbst wandert sie wieder zurück.

Wenn der Regen auf einen Streifen heißen Bodens trifft, der ein halbes Jahr trocken gelegen hat, steigt der Geruch aus der Erde, sogar aus dem Asphalt. Petrichor.

Jedes Frühjahr pilgern junge Pärchen aus ganz Resteuropa zum Petrichor-Streifen, schlendern Hand in Hand mit der wandernden Regengrenze die paar Schritte und atmen den Geruch der Erde ein, die gerade feucht geworden ist.

Der Geruch zeigt an, dass sich die Erde verändern kann. Dass sich alles verändern kann.

Auf die Steppe fällt Regen.

Was tot ist, lebt auf.

Der Wechsel ist das Paradies.

Wenn der Geruch zu intensiv ist, geschehen kollektive Petrichor-Ekstasen, dann lassen die Pärchen die letzte Scham fahren, sie fallen übereinander her und kopulieren dutzendfach an Ort und Stelle, gleich auf der Regengrenze, als gäb es eine Zukunft.

Deswegen patrouilliert die Polizei.

Heute ist Frühlingsanfang. Wir gehn auf dem schlecht entwässerten Küstenweg, auf dem das Wasser steht, rüber zur Regengrenze, die sich langsam nach Osten schiebt. Wir treten auf den heißen Beton, auf dem die ersten Regentropfensprenkel sich vor unsern Augen in Luft auflösen.

Mit uns ziehn Schwaden von Stechmücken. Sie leben bloß am Petrichor-Streifen, nirgendwo sonst. Der dauernde Regen im Westen ist ihnen zu nass, im Osten ist es zu trocken. Schwalben schießen durch den Mückendunst, sie zischen mit offenem Schnabel kreuz und quer durch die Speisekammer, immer knapp über unsere Köpfe weg.

Pizzapete fuchtelt mit den Händen vor dem Gesicht. Manchmal knallt er sich mit der flachen Hand auf die Stirn, auf die Wange, den Hals.

Ein junger Mann steht auf dem Küstenweg. In einiger Entfernung schiebt eine alte Dame ihren Rollator. Immer wieder bleibt sie stehn, richtet sich auf, schließt die Augen und atmet tief durch.

Als der junge Mann uns sieht, sagt er entschuldigend: »Sie will allein sein.«

Ich zieh die feuchte Luft in die Nase. In meiner Vorstellung erscheint eine Vergangenheit, die ich nie erlebt hab.

Ich bin ein Kind, das durch den Sommerregenguss hüpft, als wäre es völlig alltäglich. Es riecht nach entstehendem Leben, nach frisch gekeimten Sprösslingen, nach jungen, feucht glänzenden Erbsen, die man gerade aus der Schote gepult hat. Es riecht nach Wachstum, nach Vermehrung und Jugend.

Ich nehm Pizzapetes Hand. »Und?«

Pizzapete verzieht die Nase. »Das riecht komisch.«

»Aber gut, oder?«

»Sorry, ich find's eklig.«

Plötzlich knallt's, ein kurzes »Plock!«, und Pizzapete liegt auf der Erde. Er blutet an der Stirn. Neben ihm liegt eine tote Schwalbe.

Ich frag: »Soll ich dir auf den Kopf 'nen Sperberschatten kleben?«

Der Sprühregen wird stärker, und der Geruch aus dem Boden, der Kindheitsgeruch, den ich nie erfahren, den ich mir nur angelesen hab, der Allesistgutgeruch,

der sich gerade eben erst ganz ohne mein Zutun mit meiner Liebe zu Pizzapete verbunden hat, löst sich mitsamt der Liebe im geruchlosen Regen schon wieder auf.

Ich frag Pizzapete, und während ich frag, bemerk ich mit Ärger, dass die Frage wie eine Bitte klingt, ob wir vielleicht noch ein paar Schritte gehen sollen, rüber unter den knallblauen Himmel.

Der Hund scheint meine Absicht zu spüren und winselt nervös. Er hasst zwar den Regen, aber die Sonne macht ihm Angst, weil er sie gar nicht kennt.

Pizzapete wischt sich das Blut von der Stirn.

Er sagt: »In die Sonne? Auf keinen Fall!«

Pizzapete will zum Meer runter.

Wir binden den Hund am Geländer fest.

»Halt dich fest!«, ruft Pizzapete.

»Halt du dich fest!«, ruf ich.

Ich nehm die nächsttiefere Stufe. Durch den Stahlrost seh ich hundert oder tausend Meter nach unten.

Mein Magen knüllt sich vor Angst. Ich kenn keine Höhen, ich kenn bloß Keller.

Manche Stufen sind zerrostet und herausgebrochen, andre hat man durch Bretter ersetzt, die schon lang morsch geworden sind.

Der Wind und der Regen, der gegen die Betonwand klatscht, sind so laut, dass wir einander nur verstehn können, wenn wir zugleich auf unsere Lippen sehn.

Aus der Betonsteilküste ragen die Drainagetunnel, aus denen biegt sich in weiten, dicken Bogen das Regenwasser zur Ostwestsee runter.

Es kommt mir vor, als würd ich mich im Traum auf

der Feuerleiter aus einem riesigen Wohnblock retten, aber plötzlich merk ich, dass das Feuer unten ist, auf dem Boden.

Pizzapete sieht an der Betonwand entlang. Der Beton ist in den Farben der Regenbogenfahne gefärbt, ganz oben, gleich unter der dünnen Grasnarbe, die ein bisschen über die Kante ragt, in Rot, dann Orange, Gelb, Grün, über dem Wasser Blau, unter der weißen Gischt vermutlich Violett. Die Farben sind einander ähnlich geworden, die beigemischten Pigmente verblasst. Eine Regenbogenfahne, die jemand aus Versehen bei 90 Grad zusammen mit Beton gewaschen hat.

Aus dem Nichts, wir haben es nicht herankommen sehen, erscheint auf der Ostwestsee ein Boot.

Ein Schlauchboot, ein knallrotes Gummiboot mit Ausländern drin, vermutlich Inseldänen, vielleicht auch Engländer oder Schotten, Britannien liegt ja durch die Pestausbrüche völlig am Boden.

Wir stehn auf der Stahltreppe und hören sie rufen, sie wirken erschöpft, sie rufen auf Dänisch oder Englisch oder in einer ganz anderen Sprache, ich kann die Sprache nicht erkennen, das Regenwasser aus der Drainage klatscht zu laut ins Meer.

Ein Schnellboot der Grenzpolizei kommt rangeschossen. Es ist so blaugrau wie der Betonsockelstreifen, die Tarnung ist perfekt.

Das Schlauchboot ist nur noch ein paar Meter von der Treppe entfernt, da dröhnt das Bootshorn der Grenzer, eine signalrote Harpune schießt los und trifft einen Wimpernschlag später das Schlauchboot.

Kein Knall. Das Schlauchboot platzt nicht. Die Luft entweicht bloß schnell und ohne jeden Laut. Die Ausländer versinken wie Hinkelsteine im Meer. Einer strampelt wild neben dem Strudel, in dem die andern verschwunden sind. Er schafft es, bis zur Treppe zu schwimmen.

Er streckt die Hand aus dem Wasser.

Wir gehn langsam hinunter zur letzten Stufe.

Der Ausländer fleht.

Flieht, fleht.

Er zappelt.

Er reckt einen Arm aus dem Wasser.

Schließlich kriegt er die unterste Stufe zu fassen.

Pizzapete seufzt. Er tritt dem Ausländer auf die Hand, bis er die Stufe loslässt, der Ausländer greift wieder nach der Stufe, mal mit der linken, mal mit der rechten Hand, Pizzapete springt hin und her, er lacht und ruft: »Tanzen! Tanzen!«,

aber langsam wird er wütend, das Tanzen strengt ihn an, sein Gesicht ist jetzt signalrot, die Farbe beißt sich mit dem Pink der Uniform, am Hals treten die Schlagadern raus,

er tanzt nicht mehr,

er stampft nur noch auf, abwechselnd, plump, schließlich springt er mit letzter Kraft hoch und landet mit beiden Wanderschuhen nacheinander, bloß um Sekundenbruchteile versetzt, auf der Hand, mit der sich der Ausländer festhält, die Fingerknochen, bild ich mir ein, brechen in trockenen, hellen, rasch aufeinanderfolgenden Tönen, ein Xylofon, über das ein pinkes Kind so schnell es kann mit dem Klöppel streicht.

Pizzapete tritt zur Seite, die zertrümmerte Hand rutscht von der Stufe, und endlich versinkt der Ausländer im Wasser.

Pizzapete sagt müde: »Wir brauchen nicht noch mehr von denen.«

Es klingt wie eine Entschuldigung.

Ich bin also mit einem Verbrecher zusammen.

Ich geh also mit einem Mörder ins Bett.

Ich tröste ihn: »Es ist in Ordnung.«

Er sagt: »Ich hab einen starken Willen.«

Ich leg meinen Arm um ihn und sag: »Es war nur ein Spiel.«

[Das Gottesauge zeigt: Ein Mensch im Wasser, ohne
Leben, er trudelt tiefer, dreht sich um die Längsachse,
langsamer Salto rückwärts, die Arme und die Beine
stehen ab, verbiegen sich.
Der Mensch sinkt, er sinkt in einen Schwarm von
Fischen, der stiebt auseinander.
Der Mensch landet auf dem Meeresboden, Schlamm
wirbelt auf.
Der Mensch sinkt in den Schlick. Um ihn herum liegen
Ertrunkene, manche scheinen kaum verwest, andere
sind nur noch in Konturen zu erahnen.]

Ich weiß jetzt, wozu Pizzapete fähig ist. Ich weiß, dass es nur eine Frage der Zeit ist, bis auch ich seinen starken Willen zu spüren bekomme.

Viele Tote bei Bootsunfall! Ostwestsee bleibt gefähr-
lich!
Neucuxhaven (ASN) – Ein tragisches Ende nahm der
Versuch eines Dutzends Schotten, illegal nach Rest-
europa zu gelangen. Bei der Bootsbereinigung vor der
nordwestresteuropäischen Küste ertranken sie allesamt
jämmerlich.
Eine Zeugin des nassen Geschehens hört seitdem nicht
auf zu schreien. Wir wollen unseren Hörer:innen diese
Schreie nicht vorenthalten.

Ich schrei wie am Spieß, extra schrill und irre, nehm den Schrei auf und schickt die Nachricht noch vom Küstenweg an die Verwertungsvermittlung. Ich mach nicht alles, aber was ich mach, das mach ich schnell und gut.

Ich bind den Hund los. Pizzapete geht schweigend neben uns her.

Irgendwann sag ich: »Komm, wir gehn noch mal an die Kante.«

Zum Hund sag ich, dabei heb ich den Finger: »Sitz!«

Ich hab ihn gut dressiert. Er sitzt.

Wir steigen über den Zaun und gehn Hand in Hand ganz nah an den Küstenrand. Wir sehn hinaus auf die See, zum Horizont, wo sich das Grau des Himmels mit dem Grau des Wassers trifft.

B. wie Berta nimmt Pizzapetes Kopf in die Hände und küsst ihn. Setzt ab und küsst ihn wieder. Pizzapete schiebt seine Zunge in Bertas Mund.

Berta sagt: »Moment!«

Eine Mücke hat sich auf Pizzapetes Arm gesetzt. Sie saugt schon.

Berta sagt: »Kennst du das?«

Berta zieht die Haut an der Stelle straff, auf der die Mücke sitzt. Die Mücke schwillt an, dann entweicht das Blut aus ihrem Leib.

Pizzapete ruft: »Sie ist geplatzt!«

Auf seinem Arm breitet sich ein roter Fleck aus. Die Mücke hört nicht auf zu saugen. Das Blut läuft aus ihrem Bauch gleich wieder raus.

Pizzapete wischt die Mücke weg.

B. wie Berta will ihm noch eine Chance geben. Eine letzte Chance. Pizzapete weiß nicht, dass jetzt ein Gottesurteil über ihn ergeht.

Berta fragt zärtlich, aber mit einem Zittern in der Stimme: »Starker Wille, hm?«

Pizzapete sagt: »Starker Wille.«

Pizzapete weiß nicht, dass er es jetzt vergeigt hat.

Berta sagt: »Komm!«

Pizzapete setzt an zum Kuss.

Unter ihnen klatscht die Ostwestsee an den Beton Resteuropas.

Pizzapete hat zu seinen Freundinnen keinen Kontakt mehr. Zu keiner einzigen.

Nie wieder was gehört.

Nie wieder was gehört.

Er hat einen starken Willen.

Es ist nur ein Zucken der Arme, ein Vor-und-gleich-wieder-zurück-Federn, ein kurzer wilder Tanz, und dann ist niemand mehr da, den Berta hätte küssen können.

Tödliche Küstenkante!
Neucuxhaven (ASN) – Ein tragisches Ende nahm der Ausflug
eines Liebespärchens an den Petrichor-Streifen.
Einen 29-jährigen Pizzaboten aus Neuhamburg kosten
Leidenschaft und Leichtsinn letztlich das Leben.

Alliterationen. Ich mach nicht alles, aber manchmal mach ich Alliterationen.

Beim Liebesspiel an der Küstenkante stürzt der Mann
hundert oder tausend Meter in die Tiefe, knallt auf ein
Patrouillenboot der Grenzpolizei und rutscht, wahrscheinlich
bereits tot, zumindest schwer verletzt, in die Ostwestsee.
Starke Strömung, Körper weg.
Küstenwache sagt: Bergung nicht mehr möglich.
Schaden am Boot: etliche Tausend Resteuro.
Die Geliebte des jungen Mannes hört seit diesem Vorfall
nicht auf zu schreien. Wir wollen unseren Hörer:innen diese
Schreie nicht vorenthalten.

KAPITEL 20,

worin Anna doch noch die Kontrolle verliert.
Lebensinhalt ist ein seltsames Wort.

(Prototypensemantik, bildliche Darstellung einer
Ziehharmonika)

Bartel, sein Kasache und Tschechow bugsierten Annas
stöhnenden Vorweiner das Treppenhaus hinunter, im
sicheren Abstand vom Geländer die Wände entlang, sie
streiften die leuchtenden Wandschmierereien, das Blut
sprenkelte die Stufen, Stufen mit dunklen Masernpunkten,
und kein Kinderarzt weit und breit.

A. wie Anna drängte an ihnen vorbei, nahm drei Stufen
auf einmal, hinaus in den Regen, und fuhr schon mal den
Wagen vor.

Sie platzierten Annas Vorweiner auf dem Beifahrersitz,
Anna lehnte sich hinüber und riss die Tür zu. Bartel, der
Kasache und Tschechow blieben draußen stehen.

Rasende Fahrt.

Anna schrie: »Krankenhaus!«

Das Auto versuchte, sie zu beruhigen: »Kein Krankenhaus gefunden.«

Anna schrie, während sie weiterraste: »Krankenhaus,
verdammte Hacke!«

Der Vorweiner lehnte schief auf dem Beifahrersitz, aus der Wunde am Hals pumpte das Blut.

Anna schrie ihn an: »Er muss die Ader abdrücken! Abdrücken!«

Endlich meldete das Auto: »Bis zum Krankenhaus Verdammte Hacke sind es noch fünf Minuten und fünfundzwanzig ... dreiundzwanzig ... neunzehn ...«

Anna brüllte: »Halt die ... Halt den Mund!«

Anna flog noch schneller über den nassen Beton, das Auto lotste sie durch die Seitenstraßen, auf die Schnellstraße, Anna fuhr viel zu schnell, natürlich, es ging um Leben und Zerstreuung, plötzlich lag vor ihnen ein Gürteltier auf der Fahrbahn, zusammengerollt, das konnte nicht sein, hier war es viel zu nass für Gürteltiere, Anna hielt darauf zu, sie sah: Das Gürteltier war zu groß, es passte nicht unter das Auto.

Das Gürteltier, erkannte Anna jetzt, war kein Gürteltier, das Gürteltier war ein Fußball, doch wo war das Kind dazu, stand es am Rand und rannte gleich auf die Straße? War das das Kind zu den Masern?

Das Gürteltier, sah Anna, war kein Fußball, es war viel größer als ein Fußball, es war ein großer Kopf, es war der Steinkopf eines Denkmals, im gleichen Moment sah sie das Denkmal dazu kopflos neben der Fahrbahn stehen, Neuhamburgs Erster Bürgermeister von der Schwellenborg in Granit, die Nachbarin hatte zu und zu gern von ihrem Urgroßvater erzählt, die Vorweinerneider hatten ihn einfach enthauptet,

Anna fragte sich, wohin diese unverständliche Wut und diese rohe Gewalt noch führen würden, und jetzt lag der Riesengranitschädel auf der Fahrbahn,

Anna riss das Lenkrad herum, das Auto schoss auf dem Wasser in irgendeine Richtung, ungelenk und ungelenkt, die Aquaplaningelektronik war ausgefallen, ein Lämpchen mit drei kleinen Wellen blinkte rot, jetzt steuerte nur noch der Zufall,

das Auto setzte auf die Leitplanke, die sich ausgerechnet hier aus dem Boden zu biegen begann, die Hindernisdetektionselektronik war ausgefallen, ein Lämpchen blinkte rot, das einen Wagen zeigte, der gegen einen Baum geprallt war, Ziehharmonika vorn, und einen Strich, der das Piktogramm durchkreuzte, von rechts oben nach links unten, einen Strich, der absolute Sicherheit versprach,

es knirschte und schrammte, der Unterboden kreischte, es zischte, die Leitplanke wurde zur Schanze, Einschanzentournee im Neuhamburger Regen,

der Wagen segelte, segelte, die Motorhaube senkte sich, prallte gegen eine Senkrechte, einen Ampelmast oder Baum.

Ziehharmonika vorn.

Es gab noch Wälder, dachte Anna, es gab noch Wälder. Kilometerlange Wälder. Breite Streifen, drei Bäume nebeneinander, zwischen den Streifen breites Brachland als Brandschutz.
Ampelmastenwälder.

Die Ampel blinkte blau und pink im Wechsel und in noch einer Farbe, die Anna nicht kannte.

Ein Knall. Das Innere des Wagens füllte sich bis oben hin, bis zum Dachhimmel, mit kleinen bunten Schaumstoffbällchen.

Die Motorenlärmersatzmelodie setzte ein, »Muss i denn«, und diesmal kam eine Gesangsspur dazu, der Refrain mit restamerikanischem Akzent in Endlosschleife, der Wagen hatte noch nie gesungen, ein Easter Egg vielleicht, von gelangweilten Programmiererinnen versteckt für den Fall eines schweren Unfalls, um die Insassen aufzuheitern. Der Totalschaden stand still, Ziehharmonika vorn, und tremolierte aus vollem Hals.

Unter dem Wagen zischte und zitterte es. Wahrscheinlich war der Akku aufgerissen, die Kraftquelle der ganzen lausigen Elektronik.

Rauch stieg auf, das sah Anna noch, den Kopf an der Seitenscheibe, den Blick nach draußen, giftiger Rauch, das wusste Anna noch, stieg auf und am Fenster vorbei, dann sah sie die ersten Flammen.

Den Vorweiner auf dem Beifahrersitz konnte sie nicht sehen, zu dicht war die Menge der bunten Bällchen.

Anna sprach langsam, laut und sehr, sehr deutlich: »Er muss die Ader abdrücken.«

[Gottesauge, Bild im Bild, es zeigt eine Grafik: ökologischer Fußabdruck ANNA, ökologischer Fußabdruck BARTEL. Zwei Balken, hellgrau und dunkelgrau. Annas dunkelgrauer Balken zieht zügig an Bartels Balken vorbei.]

Anna lehnte an der Scheibe und existierte.

Muße, sich treiben zu lassen.

Sie fuhren über Land, ohne Ziel. Sie wollten im Kreis fahren. Wie groß der Kreis war, das wussten sie nicht. Der Vorweiner behauptete, es sei ein Polygon. Ein nicht genau zu bestimmendes, mehrfach übermaltes Polygon. Mit sogar mindestens einem überstumpfen Winkel, bis jetzt.

Die ersten wackligen Schritte. Die Stufen hinunter in den Park, endlich die letzte Stufe!

Annas Schuhspitze verhakte sich, ihr Kopf überholte den Körper, Anna fiel mit dem Gesicht in den Kies.

Anna sah ihr blutiges Gesicht im Spiegel und weinte.

* * *

Der Betäuber sagte: »Ich bin's wieder, Ihr Betäuber.«
Anna war verwirrt. Das musste ein Traum sein.
Sie wachte auf.
Der Betäuber sagte: »Sie haben eine Rückblende erlitten.«
Das musste immer noch ein Traum sein. Anna wachte noch einmal auf.
Der Betäuber war immer noch da. »Wie ist denn das passiert? Zählen Sie bitte langsam bis zehn.«
»Eins, zwei, drei.«

* * *

Anna hörte eine Ostwestseerobbe heulen. Eine Sirene, die den Atomkrieg annoncierte.

Das blaue Blinken wurde schlimmer.

Die Autotür öffnete sich. Schnell sank der Bällchenspiegel im Wagen.

Der Sanitäter sagte: »Warum is'n die ganz nackig? Warum is'n die voll Blut?«

Später wurde Anna einen taghellen Gang entlanggeschoben, ein gnädiger Sanitäter, Sanignäter, hatte ihre, Annas, Blöße mit einem Laken verhüllt.

Kurze Zeit stand neben Annas Rollgestell das Gestell ihres Vorweiners.

Anna sah, wie der Vorweiner nach oben starrte. Sein Körper war auch von einem Laken bedeckt.

Eine Pflegerin kam und zog dem Vorweiner das Laken übers Gesicht.

Niemand würde um Anna weinen.

Der Vorweiner deiner Eltern ersetzte dich selbst.

Dein eigener Vorweiner wiederum ersetzte dein Kind.

Wenn du deinen Vorweiner tötetest, tötetest du dein eigenes Kind.

Tötetest.

Tötetest.

Trötetest mit der Schalmei.

Annas Vorweiner stand ihr nahe wie kein anderer, kein anderer … und jetzt musste sie Mensch zu ihm sagen, wie kein anderer Mensch.

Der Messerstich war allenfalls im Moment, als er geschah, ein Zufall gewesen. Danach war er vielleicht kein Zufall mehr, dachte Anna.

Sie hatte ihn vielleicht erstochen, um zu erfahren, was Trauer war, vielleicht hatte sie ihn deshalb erstochen, wer wollte das mit Sicherheit sagen.

Er war tot, und sie erfuhr, was Trauer war.

Sie dachte nicht an ihre Tochter.

Worum hatten wir getrauert, als wir noch trauerten?

Wir hatten um das Leben ohne Tod getrauert.

Wir trauerten nicht mehr, weil es den Tod nicht mehr gab.

Wir lagerten die Trauer aus und den Tod.

Die Trauer erledigte ein externer Dienstleister.

Den Tod erledigte ein externer Dienstleister.

Erst wenn es so weit war, merkten wir, dass wir den Tod gar nicht outgesourct hatten.

Der Tod wurde immer noch inhouse erledigt.

Vorbereitung, Durchführung, Evaluation.

Das Schweineschmalz, der Grünkohl, der Stamppot.

Ein Kartoffelbrillantring, in Sterlingsilber (925) gefasst. Ein Verlobungsring, ein Ehering. Verliebt, verlobt, verheiratet. Ein Vorweiner, zwei Vorweiner, drei Vorweiner.

* * *

Anna: »Sind Sie jetzt der Betäuber oder die Chirurgin?«
Die Chirurgin: »Die Chirurgin. Der Betäuber hat Feierabend. Ich schätze, er ist zu Hause und schimpft.«
Anna: »Mein Vorweiner. Ist er tot?«
Die Chirurgin: »Ihr was?«

Anna: »Er ist tot, oder nicht?«
Die Chirurgin: »Wenn Sie es sagen.«

* * *

Lebensinhalt war ein seltsames Wort.

Bedeutung eins: alles, was in einem Leben drin war.

Bedeutung zwei: alles, wofür man lebte.

Ja, was denn nun?

Vorweiner stirbt bei Rettungsversuch! – Neuhamburg
(ASN) – Ein tragisches Ende nahm der Versuch eines
liebestollen Vorweiners, seine Chefin zu bezirzen. Die
wehrt das Messer des Mannes ab, der verletzt sich
schwer.
Die Chefin, gutherzig, will den Verletzten ins Kranken-
haus bringen. Rasende Fahrt, Wagen knallt gegen Ampel.
Der Vorweiner verstirbt im Krankenhaus.
Wir wollen unseren Hörer:innen die Schreie der Chefin
nicht vorenthalten.

Anna war alt. Sie war so alt, dass sie sich sogar an den resteuropäischen Bürger:innenkrieg erinnern konnte. Die Bürgermeisterin von Neuoldenburg hatte im kleinen Kreis etwas über Frankfurt/ehem. Oder gesagt, das in Frankfurt/
ehem. Oder als abfällig empfunden wurde.

Die Neuoldenburger Bürgermeisterin hatte alle Ironie-
marker vergessen oder, was viele ihr durchaus zutrauten,
sogar absichtlich weggelassen. Natürlich war sie schuld an
allem, was daraus folgte.

[Das Gottesauge, Bild im Bild, es zeigt: eine Karte Resteuropas. Blaue Geraden, rote Bogen. Aus den roten Bogen schieben sich rote Pfeile vorwärts. Zeichentrickfeuerchen, Zeichentrickexplosiönchen.]

Einige Städte verhängten gegen Neuoldenburg empfindliche Strafen, da das Gesetz über die semantische Eindeutigkeit gebrochen worden war. Die Bürgermeisterin hatte das Gebot der unbedingten Merkmalssemantik missachtet. Es stellte sich heraus, dass sie in gewissen Kreisen seit Langem als Prototypensemantikerin bekannt war. Frühere, zum Glück konservierte Äußerungen der Bürgermeisterin belegten das.

Die Uneindeutigen, die Menschen, die in Bildern sprachen, das waren die Schlimmsten.

Das waren die Menschen, die Kriege auslösten. Gewalt und monströse Verbrechen, bis alle müde waren.

Ostresteuropa gegen Westresteuropa, Nordresteuropa gegen Südresteuropa. Am schlimmsten traf es die Städte am Schnittpunkt der beiden Fronten. Eisenach, Eschwege, Duderstadt.

KAPITEL 21,

**worin bereits gezeigt wird, wie die Geschichte
nach dem Ende der Geschichte weiterschreitet.**

(Schicksal)

[Das Gottesauge, Bild im Bild, es zeigt Resteuropa aus
großer Höhe: eine Wolkendecke auf Westresteuropa,
Ostresteuropa im Sonnenlicht. Alles wie immer.
Dann beginnen die Wolken, nach Osten zu wandern,
weit.
Schnitt.
Das Gottesauge zeigt: Ostresteuropa versinkt im Regen. Parks, Äcker, Wiesen werden zu Seen, das Wasser
schwemmt auf die Wege und Straßen, abwärts.
Die Straßen von Leipzig, die Straßen Berlins verwan-
deln sich in Kanäle, das Regenwasser schießt durch die
Städte, im Norden stürzt es in die Schächte und füllt
in kurzer Zeit die hohlen Stollen. Das Wasser rauscht
durch die riesigen Röhren, die wohnungslose Niederschicht, die in den Röhren lebt, wird fortgerissen, die
Stollen werden gründlich durchgespült, bei Neuwismar, Neurostock, Neustralsund schießen die Regen-
wassermassen mit allem, was in den Röhren war, all
dem Staub und dem Müll, den Matratzen und Tüten
und Koffern und Einkaufswagen und mit

all den Wohnungslosen in weiten Bogen in die Ostwestsee.

Auf der Ostwestsee paddeln Ausländer in bunten
Booten. Manche ziehen Resteuropäer aus dem Meer,
ziehen sie hoch in ihre Boote und retten sie vor dem
Ertrinken.

Ein Tropfen erscheint auf dem Gottesauge, das ganze
Bild im Bild verschwimmt, das Gottesauge: Weint es?
Ist das Gottesauge sentimental?

Das Gottesauge blinzelt.

Schwarzblende, kurz.

Das Gottesauge ist wieder klar.

Das Gottesauge schwebt über die aufgemalten Straßen von Neuhamburg, der Regen hat aufgehört, am
knallblauen Himmel die Sonne, die feuchten Straßen
dampfen, das Blech der Autos dampft, die nassen Haare
der Passanten dampfen.

Das Gottesauge zeigt einen leeren Keller. Eine Eisentreppe führt hoch zur Tür. An der Rückwand läuft ein
schmales Rinnsal von der Decke hinunter zum Boden.

Das Gottesauge sieht zum Gitterfenster hinaus. Gegenüber steht ein Haus, auf dem Dach Sträucher. Knapp
über dem Haus die Sonne vor einem knallblauen
Himmel. Im Schatten der Fassade ein Schatten, eine
junge Frau, sie spannt die Arme von Sims zu Sims, der
Schatten scheint eins mit der Wand. Sie greift nach dem
Dachgartenzaun. Der Schatten verschwindet.]

KAPITEL 22

Die zerfransten Bilder und Gedanken, die Anna in Zeitlupe erlebte, gehörten nicht zusammen und passten nicht aneinander.

> *(ACHTUNG: AKTUALISIERUNG!) Vorweiner stirbt bei Rettungsversuch! – Neuhamburg (ASN) – Wenig später erliegt auch die Chefin ihren Verletzungen.*
> *Wir senden noch einmal ihre eigenen Schreie.*

Das war keine neue Nachricht, aber welche Nachricht war schon neu?

Die zerfransten Bilder und Gedanken, die Anna in Zeitlupe erlebte, gehörten nicht zusammen und passten nicht aneinander und ergaben nur so einen Sinn. Sie ergaben nur so eine runde, stimmige, siegreiche – High Five! – Geschichte.

KAPITEL 23,

**worin Berta voller Schwermut eine
lange Nachricht verfasst.**

(Unbekannte Konservierungsmittel)

Es hat sich dann doch schnell rumgesprochen. Ein paar aus meiner Allianz wissen ja, dass ich mir Nachrichten ausdenk. Und *Ruebezahltag*∞ hab ich irgendwann im Chat von Pizzapete erzählt.

Dann erwähn ich in meinem Profil, dass ein Freund von der Küstenkante gestürzt ist, und damit ist es offiziell.

Sofort ploppen vor meinem Basislager die ersten Trauerzelte auf.

Ich frag mich, ob es richtig war, was ich mit Pizzapete gemacht hab.

Ich weiß, er hätte mich irgendwann umgebracht. Totgeschlagen, erwürgt, was weiß ich. Ich musste mich schützen. Und meine Nachfolgerinnen.

Mich schützen, ihn schubsen.

Es ist, wie es ist.

Man muss sich den Gegebenheiten fügen können, dann wird alles leicht.

Trotzdem denk ich mehr an ihn, als ich will.

Er konnte richtig lachen.

Er konnte mit dem Schwanz einen Ananasring zerrei-
ßen.

Wunder an der Küstenkante!
Neucuxhaven (ASN) – Ein tragisches, zugleich glückliches
Ende nahm gestern die Flut in Neucuxhaven. Die Wellen
schwemmten einen leblosen jungen Mann an, dessen Papiere
ihn als Pete P. aus Neuhamburg auswiesen – geboren vor
79 Jahren in Neupinneberg!
Stellt sich raus: Pete P., damals Pizzabote in Neuhamburg, ist
vor fünfzig Jahren unter den Augen seiner Freundin ins Meer
gestürzt und ertrunken.
Unterdessen wurde Baden-Baden durch ein Erdbeben zer-
stört, und Restrussland marschierte in China ein und wurde
rückstandsfrei absorbiert, und Zorro Zauderzwerg folgte
Walburga Pepper im Amt und veranlasste nach viel zu vielen
Jahren endlich, kurz vor knapp, die VIERTE, JETZT ABER
WIRKLICH LETZTE UND ENDGÜLTIGE RETTUNG
RESTEUROPAS. Der Große Wetterwechsel kam und ging
und kam wieder, die Vorweiner weinten vor, und die Klick-
beuterinnen verfassten spannende Nachrichten, und die
Grenzpolizei versenkte bunte Schlauchboote, und die Ost-
westsee schlug gegen die Küstenkante.
Wir erinnern uns alle, nicht?
Die Polizei macht schließlich die Freundin des An-
geschwemmten ausfindig. Sie soll den Mann identifizieren.
Die alte Dame erkennt ihren Geliebten sofort wieder. Seitdem
hört sie nicht auf zu schreien. Ob aus Schmerz oder aus
Freude, das kann die Polizei nicht sagen.
Welcher Art die Abwässer waren, die den jungen Mann so
gründlich konservierten, wird noch untersucht.

Wir wollen unseren Hörer:innen die Schreie der alten Dame nicht vorenthalten.

Nach ein paar Minuten ist meine Basis belagert von Trauerzelten aus allen verfeindeten Allianzen.

Die schnelle, schwache Trauer der schwachen Bindungen im Netz.

Sogar die Rostigen Elektrozombies haben Trauerzelte aufgebaut, und einen Moment lang hab ich Zweifel, ob das wirklich alles Bots sind.

Ein Punkt, ein schwarzes Herz, ein Zelt.

Ich bin noch da.

Ich hab das letzte Wort.

LETZTES KAPITEL,

**worin Berta sich endlich keine Sorgen
mehr macht. Es summt.**

(Frische Ananas, Verstöße gegen die Zerstreuungsverordnung)

Die Bilder der Zerstreuten verschwanden.

Bereits mit der offiziellen Feststellung ihres Ablebens begann jedes Bild, ob gedruckt, ob digital, ob Fest- oder Bewegtbild, zu verblassen, zu verschlieren, zu verpixeln, zu verblurren, und wenige Tage später, mit dem Zerstreuen der letzten Asche, waren die Gesichter der Zerstreuten von den Bildern völlig verschwunden.

Das war die Norm: Die Abbildung einer Person war mit ihren Daten verknüpft. Sobald das amtliche Todesdatum notiert war, begannen Auflösung und Vergessen.

Die Kartoffel war so groß, dass B. wie Berta sie kaum in der Hand halten konnte. Ein Zwergplanet. Berta fräste mit dem Messer die Planetenkruste ab, sie begann am Nordpol, zog einen kleinen Kreis ringsherum, dann einen größeren, der ohne Naht an den kleinen grenzte, sie fräste Kreis um Kreis.

Die ganze Nordhalbkugel zeigte ein nacktes, kräftiges Gelb. Die Planetenkrustenspirale kringelte sich auf dem Schneidbrett.

Frau Sonnberger hatte angekündigt, einen Kartoffelauflauf zuzubereiten.

Berta saß in der Küche an dem kleinen Tisch. Heute war es noch heißer als sonst, Berta hatte ihr dünnstes Trägerkleid herausgesucht, eine eher symbolische Bekleidung, doch wenn sie sich nur ein wenig bewegte, wehte bereits der dünne Stoff mit einem leichten Luftzug den Schweißfilm von der Haut. Das kühlte.

Frau Sonnberger räumte die Einkäufe in die Schränke, mit der zweiten Hand wusch sie ab, mit der dritten öffnete sie eine Konservendose, und mit den weiteren Händen bereitete sie die Béchamelsoße zu. Die Kartoffeln hatte sie im Supermarkt gekauft. Frau Sonnbergers Credo: »Megamarktkartoffeln! Größer, besser, schmackhafter!«

Berta würde Frau Sonnberger behalten. Es wäre geradezu selbstzerstörerisch, wenn sie sie vor die Tür setzte, selbstzerstörerisch und nach all den Jahren, die Frau Sonnberger im Haushalt verbracht hatte, nicht besonders nett.

B. wie Berta hatte sich rasch wieder an das Leben im knallblauen Ostresteuropa gewöhnt. Zunächst hatte sie den Geruch vermisst, der sie in ihrem Souterrain-Loft ständig umgeben hatte, diesen Geruch von feuchten Pilzen. In Bertas Elternhaus gab es keinen Schimmel, nicht einmal im Keller.

In Berlin war der Himmel stets knallblau, und die Jahre im immergrauen Neuhamburg waren lediglich eine Erinnerung, die allmählich in der ostresteuropäischen Hitze verdunstete.

Dem Hund gefiel die Sonne inzwischen. Er begriff, dass er hier nicht nass wurde. Er kannte nur den Regen, von klein auf, seit er Berta zugelaufen war, den Regen in allen Schraffierungen, und er hatte ihn immer gehasst und sich, wenn er rausmusste, mit der Flanke dicht an den Hauswänden entlanggedrückt.

Berta überlegte beim Schälen, ob sie *etwas machen lassen* sollte, nur etwas ganz Unscheinbares, diese winzigen Fältchen im Mundwinkel vielleicht oder die Bauchdecke. Berta wollte nicht trauern, auch nicht um ihren eigenen Körper. Es war ihr gutes Recht, nicht trauern zu müssen.

Die Hitze war so groß, dass Berta das Kleidchen auszog. Die zweite Kartoffel schälte sie mit bloßem Oberkörper. Dann zog sie das Kleid wieder an, weil es kaum kühler war, wenn sie nackt war. Dann zog sie das Kleid doch wieder aus.

Als die letzte Kartoffel geschält war, inzwischen hatte sich Berta das Trägerkleidchen zum x-ten Mal wieder übergezogen, suchte sie die Urne des Vorweiners. Bei der Zerstreuungsfeier ihrer Mutter war die Urne nicht aufgestellt gewesen, natürlich nicht, doch jetzt wollte Berta wenigstens wissen, wie sie aussah.

Berta hatte Frau Sonnberger nach der Urne gefragt, doch die hatte nur bedauernd mit den Achseln gezuckt. Die Urne sei irgendwann aus Neuhamburg geschickt worden, UPS, doch in dem Moment, in dem der Urnenbote geklingelt habe, habe sie alle Hände voll zu tun gehabt mit den Vorbereitungen für die Zerstreuungsfeier von Bertas Mutter. Berta dachte: ein halbes Dutzend Hände.

Frau Sonnberger sagte, sie habe vermutlich, gedanken-
verloren, die Urne in den Räumen des Vorweiners abge-
stellt, womöglich habe sie ihn sogar ins Bett getragen, Berta solle am besten einmal oben suchen.

Berta betrat widerwillig die verwaiste Suite. Auf dem Teppich lag ein Modellbausatz verstreut, »Floß Hengelo extra-
groß 540 Teile«. Berta warf die Plastikstückchen in den
Karton und schob den Karton ins Regal.

Kleidungsstücke lagen herum, darunter viele orangefar-
ben, Socken, frische und getragene.

Der Hund schnüffelte in den T-Shirts.

Berta warf alles in den geflochtenen Wäschekorb, der
neben dem ungemachten Bett stand. Sie wunderte sich,
dass Frau Sonnberger hier nicht längst aufgeräumt hatte.

Nirgendwo war eine Urne zu sehen. Berta bemerkte, dass
sie gar nicht wusste, wie groß die Urne eigentlich war.
Bei den Zerstreuungsfeiern hatte sie Behältnisse in allen
Größen gesehen, sogar die Urnen von ganz schmächtigen
Menschen waren manchmal riesig wie Mogelpackungen
mit zwei Drittel Luft darin, und manchmal waren die Urnen der mächtigsten Kaventsmänner winzig klein, als ob
man noch bei der Verpackung der Asche die Korpulenz
hätte kaschieren wollen.

Längs gestreifte Urnen, quer gestreifte Urnen, Berta
hatte alles schon gesehen.

Berta zog die Schublade des Nachttischs auf. Eine Packung
Kondome. Warum hatte der Vorweiner ihrer Mutter Kondome besessen? Tatsächlicher Bedarf oder vage Hoffnung?

Der Kleiderschrank war beinahe leer. An der Rückwand, halb verdeckt von einem dunkelblauen Anzug, war ein Bild befestigt. Es zeigte Oberkörper, die am Hals endeten, die Gesichtstarnflecken extrapoliert aus dem Rest der Fotografie. Vier Oberkörper ohne, einer mit Gesicht. Ein halbwüchsiger Junge.

Plötzlich stand Frau Sonnberger im Zimmer.
»Die junge Frau räumt auf? Das ist doch nicht nötig!«
Sie grinste breit.
»Was suchst du denn?«
»Na, die Urne.«
»Komm mit, es ist mir wieder eingefallen!«

Frau Sonnberger und Berta gingen die breite Treppe hinunter, vom Vestibül in die Küche.

Der Auflauf buk im Ofen und füllte das Erdgeschoss mit dem Geruch von gerösteten Kartoffeln, auch ein leichter Fruchtgeruch, den Berta sich nicht erklären konnte, war dabei.

In der Speisekammer ragten zwei Kühlschränke auf.

Frau Sonnberger zelebrierte die Urnenenthüllung wie ein Zauberkunststück.

»In welchem Kühlschrank wohl befindet sich das gute Stück?«

Berta zeigte auf den rechten.

Frau Sonnberger rief: »Richtig!«, und zog die linke Kühlschranktür auf. »Tadaaa!«

Der Kühlschrank war so gut wie leer, nur in der Tür stand eine angefangene Flasche Mineralwasser, darüber lag eine Tube Senf, doch im Hauptfach glänzte eine silberne

Urne wie ein Pokal in der Vitrine, von der Kühlschrankbe-
leuchtung angestrahlt.

Frau Sonnberger nahm sie vorsichtig heraus und übergab
sie Berta. Sie reichte ihr auch den alten Rucksack, der neben dem Kühlschrank lag.

»Aber wo soll ich die Urne hinstellen?«, fragte Berta
Frau Sonnberger. »Wo stellt man eine Urne hin, wenn man
die Asche nicht zerstreut?«

Frau Sonnberger sagte: »Auf den Kaminsims. Eine Urne
steht immer auf dem Kaminsims.«

Berta nahm den Rucksack auf den Rücken, trug den Sil-
berkelch ins Vestibül und räumte die Rahmen mit den halb
leeren Bildern, die Rahmen mit den weißen Flecken vom
Sims des Kamins.

Sie stellte die Urne mitten auf den Kamin. Mit dem Ka-
mingitter direkt darunter sah sie aus wie die riesige Küh-
lerfigur eines alten Rolls-Royce.

Berta rückte sie zur Seite. Goldener Schnitt. Das sah ihr
zu gewollt aus. Berta rückte die Urne noch ein wenig weiter zur Seite und zerstörte den Goldenen Schnitt.

Perfekt.

Urne auf Kamin, dachte sie.

Unter der Dusche weinen.

Eulen nach Athen.

Die Urne besaß keine Henkel. Das war verständlich, da
man eine Urne nicht oft herumtrug. Dennoch erschien
es Berta, als hätte man am falschen Ende gespart, da man
die Urne, solange der Inhalt nicht zerstreut war, eben doch

immer wieder ein Stück tragen musste, zumindest vom Krematorium zum Zerstreuungsplatz, und nach der Zerstreuung, wenn Pfand darauf war, zurück zur Leergutannahmestelle.

Die Urne des Vorweiners wies einige unschöne Kratzer in der spiegelnden Oberfläche auf. Berta fragte sich, wie oft sie wohl bereits verwendet worden war und für wessen Asche.

Wenn ein Vorweiner zerstreut wurde, wer weinte dann eigentlich vor?

Plötzlich durchfuhr Berta ein Schreck. Es summte leise. Es summte schon geraume Zeit, doch jetzt erst drang das Summen in Bertas Bewusstsein.

In ihrem Bewusstsein summte es.

Bertas Herz klopfte.

Sie horchte an der Urne.

Stille.

Die Asche des Holländers summte nicht mehr.

Sie hob die Urne an und sah nach, ob im Sockel eine Spieluhr oder dergleichen versteckt war.

Nichts.

Berta ging zur Anrichte, die gegenüber vom Kamin stand. Sie lehnte sich dagegen und betrachtete den Kamin und die Urne darauf.

Ein Rolls-Royce mit verzogener Nase.

Berta setzte den verdreckten Rucksack ab. Sie kippte ihn aus, auf die Anrichte. Es war nur ein Telefon darin.

Sie konnte das Telefon nicht entsperren. Wenn es klingelte, hätte sie den Anruf möglicherweise annehmen können, doch an die gespeicherten Nummern des Vorweiners kam sie nicht.

Oder an die Bilder. Berta fragte sich, was oder wen er aufgenommen hatte.

Oder an den Kalender. Hatte er sich jemals Termine aufgeschrieben? Welche?

Es war gleichgültig, Berta kam an keine einzige gespeicherte Datei heran.

Die Fingerspitzen, die Iris, alle biometrischen Daten des Vorweiners, mit denen man auf den Inhalt des Telefons hätte zugreifen können, befanden sich, pulverisiert, da drüben auf dem Kamin, in der Urne.

Plötzlich vibrierte das Telefon in Bertas Hand. Berta erschrak.

Auf dem Display erschien das Gesicht eines Mannes. Berta hatte den Mann gerade auf dem Bild im Schrank gesehen, viel jünger. Neben dem Gesicht stand in großen Buchstaben »BROERTJE«.

Eine Stimme: »Jan, ben jij dat?«

Berta kam es vor, als hörte sie Wellen plätschern.

Jan.

Sie sagte: »Hier ist Berta. Brörtje, es ist gut, dass Sie anrufen. Wir wussten nicht, wie wir Sie erreichen sollten. Brörtje, ich muss Ihnen etwas sagen.«

Berta atmete tief durch.

Dann erzählte sie Brörtje, was passiert war.

Dass es einen Autounfall gegeben habe. Dass sein Bruder und ihre Mutter dabei gestorben seien.

Brörtje sagte: »Das tut mir sehr leid, liebe Beta. Gekondoliert.«

Berta sagte: »Seine Urne steht hier. Wir wissen nicht so richtig, was wir damit tun sollen.«

Brörtje sagte: »Können Sie die Urne nicht in Resteuropa begraben, Beta? Auf dem Floß ist das unmöglich.«

Berta rief: »Das ist streng verboten!«

Sie war überrascht, wie wenig man in den Niederlanden offensichtlich von Resteuropa wusste.

»Totenasche muss zerstreut werden, sie muss verschwinden, sonst werden die Menschen doch die ganze Zeit daran erinnert, dass jemand gestorben ist!«

Der Vorweinerbruder schien Berta nicht zu verstehen. Es rauschte im Telefon, und Berta konnte nicht heraushören, ob dafür die Ostwestsee verantwortlich war oder die schlechte Verbindung.

Der Bruder bat Berta noch einmal, die Urne zu begraben.

Berta sagte noch einmal, dass das verboten sei.

Dann sagte sie: »Brörtje, hören Sie mich noch?«

Brörtje: »Ich höre Sie sehr gut, Beta!«

»Brörtje, kennen Sie vielleicht den Zahlencode von … Jans Telefon? Ich möchte sehen, ob es noch jemanden gibt, den wir benachrichtigen sollten.«

Jan.

Der Name war sehr kurz, doch er lag Berta wie Blei im Mund und kam ihr so schwer über die Lippen, als ob er Dutzende von Silben hätte.

Jan.

Berta bemerkte, dass sie nicht einmal wusste, wie dieser Jan ihrer Mutter ausgesehen hatte. Sie würde es nie erfahren.

Brörtje sagte: »Nee, ich kenn den Code nicht. So einfach wie möglich wahrscheinlich. Jan wollte sich nie was merken.«

Ein letztes Rauschen, dann war es still, und Brörtje war wieder weit weg auf seinem viel zu dicht besiedelten Floß.

Die Brüder Jan und Brörtje.

Möglichst einfache Zahlen.

Berta versuchte sechsmal die Null. Das Telefon wackelte, als schüttelte es empört den Kopf.

Berta versuchte sechsmal die Eins. Falsch. Das Display zeigte »NOCH 1 VERSUCH«.

Berta zögerte. Wenn sie jetzt wieder falschlag, würde sie nie erfahren, mit wem der Vorweiner ihrer Mutter bekannt war.

Berta tippte: Eins.

Dann tippte sie schnell weiter bis sechs, als ob ein falscher Versuch nicht gezählt würde, wenn man nur schnell genug tippte.

Der Sperrbildschirm verschwand.

Berta fand in Jans Adressbuch drei Telefonnummern:
»Moeder«,

»Broertje«,

»Job«.

»Job«, das war die Nummer von Anna.

Frau Sonnberger hatte in den Kartoffelauflauf kleine Fruchtstückchen gemischt, die Berta nicht gleich erkannte.

Sie saßen an dem kleinen Tisch in der Küche und aßen.

Frau Sonnberger bemerkte Bertas Zögern und sagte: »Frische Ananas.«

Berta nickte kennerisch und sagte: »Raffiniert. Wirklich raffiniert.«

Ehre den Inseln. Blubb, blubb!

Toast Hawaii, Trost Hawaii, Kartoffelauflauf Hawaii.

Berta stach den Spaten ins trockene Gras und hebelte sandige Erde aus dem Boden. Sie stellte sich mit beiden Füßen auf die Kante des Blattes, hielt sich am Knauf des Stieles fest und wackelte hin und her. Dann hob sie wieder Erde aus dem Loch heraus.

In der Küche wischte Frau Sonnberger den Spülstein trocken.

»Ich wär dann so weit«, sagte Berta.

Frau Sonnberger drückte den Lappen aus, faltete ihn und legte ihn über den Rand des Spülsteins.

Berta fragte: »Sollten wir uns umziehen? Ich habe keine schwarzen Sachen.«

Frau Sonnberger stutzte. Dann antwortete sie: »Sicher. Wir finden schon was für dich.«

Berta und Frau Sonnberger standen am Loch. Berta sah noch einmal auf die Urne. Doch, sie hatte tief genug gegraben.

Im Garten war es still. Selbst der leichte Wind, der sonst am Abend leise durch die hohen Kiefern strich, hatte sich völlig gelegt.

Die Sonne stand tief, der Himmel war knallblau wie immer.

Frau Sonnberger sah Berta fragend an.

Berta nickte.

Frau Sonnberger trat einen Schritt nach vorn und begann zu sprechen.

Sie erinnerte daran, wie

– sie sah noch einmal zu Berta, Berta sagte: »Jan.« –

wie Jan zu Anna gekommen sei. Über sein Leben davor könne sie gar nichts sagen. Sie habe ihn nie danach gefragt.

Berta sagte: »Er hatte einen Bruder.«

Frau Sonnberger, mit feierlicher Stimme: »Jan hatte einen Bruder.«

Frau Sonnberger fuhr fort. Sie wisse nicht, wie Jans Leben ausgesehen habe auf diesem großen Floß bei Deventer. Sie wisse nicht, wie er nach Neuschwanstein gelangt sei, wie lange die Flucht gedauert habe und was während der Flucht geschehen sei.

Jedenfalls, eines Tages sei er im Haus gewesen.

Frau Sonnberger erinnerte an die Ausflüge mit Anna, sie erinnerte an die Arbeiten auf Bartels Datsche, das Kitten, den Kartoffelanbau.

Und dann das schreckliche Unglück.

Frau Sonnberger wusste nicht mehr weiter, sie sah wieder zu Berta, die sagte: »Ruhe in Frieden.«

Frau Sonnberger wiederholte: »Ruhe in Frieden.«

Der Hund, der die ganze Zeit still neben Berta gelegen hatte, winselte, deutlich hörbar voneinander abgesetzt, fünf Laute. Berta erkannte darin fünf Silben. Ru-he in Frie-den.

Jetzt trat auch Berta einen Schritt vor. Sie hob die Urne an und ging damit zum Loch. Sie kniete sich auf den staubigen Rasen und stellte die Urne hinunter ins Loch. Ins Grab, dachte Berta.

Berta stand auf und überlegte, was sie sagen könnte. Sie sagte noch einmal: »Ruhe in Frieden.«

Frau Sonnberger wiederholte: »Ruhe in Frieden.«

Berta: »Jan.«

Frau Sonnberger: »Jan.«

Der Hund winselte wieder: Ru-he in Frie-den.

Berta schob mit dem Spaten die ausgehobene Erde zurück in das Loch. Ins Grab, dachte sie.

Frau Sonnberger wischte sich eine Träne aus dem Auge.

Sie sagte: »Er hat so ein lustiges Resteuropäisch gesprochen.«

Berta sammelte ein paar Kieselsteine vom Weg, dann legte sie auf das Grab den Namen: JAN.

Jan, Feb, Mär.

Am Abend saß Berta allein auf der Terrasse. Der Hund streunte unten im Garten herum, Frau Sonnberger war wieder in der Küche beschäftigt.

Die Sonne war untergegangen.

Berta sah in die Sterne.

Der Große Wagen mal wieder.

Jetzt lebte sie also wieder hier, dachte Berta, in einem richtigen Haus.

Sie bemerkte, wie die Sterne blasser wurden.

Schließlich verschwanden sie ganz.

Der Himmel war vollkommen schwarz.

Berta sprang zur Terrassentür und rief ins Haus hinein nach Frau Sonnberger.

Dann ging sie in den Garten hinunter.

Etwas tippte auf Bertas nackte Schulter. Berta zuckte zusammen. Erschrocken wischte sie es weg.

Es war kein Insekt, es war ein Tropfen.

Ein Tropfen war auf ihre Schulter gefallen.

Frau Sonnberger sagte: »Bleib mal bitte stehen.«

Sie sprachen nicht, sie knirschten nicht mit den Schuhen auf dem Kiesweg, sie hielten den Atem an, sie waren ganz still.

Frau Sonnberger flüsterte: »Hörst du das?«

Berta hörte ein ganz leises Prasseln. Die Zitronenbäumchen zitterten leicht.

Der Hund flüchtete unter den Gartentisch.

Es regnete.

Frau Sonnberger fragte: »Riechst du das?«

Es roch nach Regen.

Frau Sonnberger fragte: »Sollen wir hineingehen?«

Berta antwortete: »Lassen Sie uns hier stehen bleiben, bitte, für einen Moment noch.«

WEITERFÜHRENDE LITERATUR

Günter Hack: Ökonomie, Ökologie und Önologie der Österreichischen Partei Österreichs (ÖPÖ).

Div.: 1. Buch Mose, in: Div.: Altes Testament.

Kwik, Kwek, Kwak: Lach, lach, bubbel, bubbel – de verbazingwekkend droevige overblijfselen van het Resteuropese Donaldisme.

Patrick Hofmann: Die letzte Sau.

Leonore Mau, Hubert Fichte: Psyche.

Roland Barthes: Die Vorbereitung der OP.

Gunnar Cynybulk: Ein an dieser Stelle schlecht versteckter, aber großer Dank für alles.

Lassie Singers: Leben in der Bar.